香港初中生

必讀古詩文

下冊

文、賦（先秦至清）

必 讀 古 詩 文 系 列

責任編輯　何子盛　張艷玲
書籍設計　吳丹娜

書　　名　香港初中生必讀古詩文（下冊）
編　　者　鍾華　何雁妍
出　　版　三聯書店（香港）有限公司
　　　　　香港北角英皇道 499 號北角工業大廈 20 樓
　　　　　Joint Publishing (H.K.) Co., Ltd.
　　　　　20/F., North Point Industrial Building,
　　　　　499 King's Road, North Point, Hong Kong
香港發行　香港聯合書刊物流有限公司
　　　　　香港新界大埔汀麗路 36 號 3 字樓
印　　刷　美雅印刷製本有限公司
　　　　　香港九龍觀塘榮業街 6 號 4 樓 A 座
版　　次　2015 年 7 月香港第一版第一次印刷
　　　　　2020 年 1 月香港第一版第二次印刷
規　　格　特 16 開（145 × 210mm）180 面
國際書號　ISBN 978-962-04-3795-3

© 2015 Joint Publishing (H.K.) Co., Ltd.

Published & Printed in Hong Kong

目　錄

《論語》十二章

《論語》

【引言】

　　二千多年前孔子與學生的對話，對今天我們求學就業、行事為人仍然有深遠的影響和啟發，不知道當中哪一句是你的座右銘呢？

《論語》十二章

《論語》

　　子曰①：「學而時習之，不亦說乎②？有朋自遠方來，不亦樂乎？人不知而不慍③，不亦君子乎④？」（《學而‧第一》⑤第一章）

曾子曰⑥:「吾日三省吾身⑦:為人謀而不忠乎⑧?與朋友交而不信乎⑨?傳不習乎⑩?」(《學而‧第一》第四章)

子曰:「吾十有五而志於學⑪,三十而立⑫,四十而不惑⑬,五十而知天命⑭,六十而耳順⑮,七十而從心所欲,不踰矩⑯。」(《為政‧第二》第四章)

子曰:「溫故而知新,可以為師矣⑰。」(《為政‧第二》第十一章)

子曰:「學而不思則罔⑱,思而不學則殆⑲。」(《為政‧第二》第十五章)

子曰:「賢哉回也⑳!一簞食㉑,一瓢飲㉒,在陋巷㉓,人不堪其憂㉔,回也不改其樂㉕。賢哉回也!」(《雍也‧第六》第九章)

子曰:「知之者不如好之者㉖;好

之者不如樂之者^㉗。(《雍也·第六》第
十八章)

子曰:「飯疏食^㉘,飲水,曲肱而枕
之^㉙,樂亦在其中矣。不義而富且貴^㉚,
於我如浮雲。」(《述而·第七》第十五
章)

子曰:「三人行,必有我師焉^㉛。擇
其善者而從之^㉜,其不善者而改之^㉝。」
(《述而·第七》第二十一章)

子在川上^㉞,曰:「逝者如斯夫^㉟!不
舍晝夜^㊱。」(《子罕·第九》第十六章)

子曰:「三軍可奪帥也^㊲,匹夫不可
奪志也^㊳。」(《子罕·第九》第二十五章)

子夏曰^㊴:「博學而篤志^㊵,切問而近
思^㊶,仁在其中矣^㊷。」(《子張·第十九》
第六章)

【典籍簡介】

《論（粵 leon⁴〔倫〕普 lún）語》是由孔子弟子及其再傳弟子記錄孔子及弟子言行的一部語錄體著作。其編訂成書大約在戰國初期，流傳至今的《論語》共有《學而》、《為政》、《述而》、《先進》、《陽貨》等二十篇，共四百九十二章，較有系統地反映了孔子在文化、教育、政治、哲學等領域的諸多觀念，以及儒家思想的整體面貌。

通過《論語》，可以得知孔子重視個人修養，提倡「克己」，認為士人在個人學習和道德操守上都應不斷追求進步，以「君子」為理想的人格典範；在政治上，孔子主張恢復周禮，以建立穩定的社會秩序，認為只有行仁政才能治理好國家；教育方面，孔子主張「有教無類」、「因材施教」、「舉一反三」、「不憤不啟，不悱（粵 fei²〔匪〕普 fěi；想說但不能恰當地說出來）不發」等，這些觀念直到今天仍有其價值。

《論語》被認為是儒家思想的核心內容，是儒家最重要的經典，也是西漢以來讀書人的必讀之書，給中國傳統社會的政治、教育、文化等領域帶來了深刻的影響。

【注釋】

① 子曰（粵 jyut⁶〔月〕普 yuē）：孔子說。子：古代對男子的美稱，指有學問、道德或地位的人，單獨用時特指孔子。曰：亦讀作「若（粵 yoek⁶）」，是粵語口語的讀法。

② 時習：時常複習。時：經常。不亦說乎：不就是感到高興嗎？不亦……乎：用於「不就是……嗎」的反問句句式。說（粵 jyut⁶〔月〕普 yuè）：通「悅」，高興。

③ 知：這裏指了解自己。慍（粵 wan³〔餵鎮切〕普 yùn）：生氣、怨恨。

④ 君子：這裏指才德出眾、有修養的人。

⑤ 《學而》：先秦時期的文章，每篇篇名一般取自正文開首，或「子曰」、「子謂」後首句的前二、三字，但與文章內容往往沒有關係。往後的「為政」、「雍（粵jung¹〔翁〕普yōng）也」、「述而」、「子罕」、「子張」也是同一個道理。《論語》的篇章題目同時會加上序號，例如《學而·第一》就是指《學而》是《論語》中的第一篇，如此類推。

⑥ 曾（粵zang¹〔憎〕普zēng）子：孔子的學生。姓曾，名參（粵sam¹〔心〕普shēn），字子輿（粵jyu⁴〔如〕普yú），非常孝順母親，後世尊稱為「宗聖」、「曾子」。子：古代對男子的美稱，亦可用於姓氏後面，如孔子（孔丘）、孟子（孟軻）等。

⑦ 吾日三省（粵sing²〔醒〕普xǐng）吾身：我每天多次反省自己。三省：多次反省。三：虛數，表示多次。吾身：自己。

⑧ 為（粵wai⁶〔惠〕普wèi）人謀：幫別人辦事。不忠乎：有不盡心的地方嗎？忠：盡心竭力地做好。

⑨ 交：交往。信：真誠。

⑩ 傳：這裏指老師傳授的知識。習：溫習。

⑪ 十有（粵jau⁶〔右〕普yòu）五：十五歲。有：通「又」，表示數目的附加。

⑫ 三十而立：三十歲能自立，並有所建樹。後人將三十歲稱為「而立之年」。

⑬ 四十而不惑：四十歲時人生已有一定經驗，因此不會被外界事物所迷惑。後人將四十歲稱為「不惑之年」。

⑭ 知天命：了解並掌握自然運行的規律，不強求事物。

⑮ 耳順：聽到別人的話，就能深刻理解當中意思，明辨是非。

⑯ 從心所欲：隨心所欲，即完全順隨自己的心意去做事。不踰（粵jyu⁴〔如〕普yú）矩：不逾越規矩。踰：通「逾」，逾越。

⑰ 溫故而知新：溫習學過的知識，就會有新的收穫。故：過去的事物。新：新事物。為（粵wai⁴〔圍〕普wéi）：成為。

⑱ 學而不思則罔（粵mong⁵〔網〕普wǎng）：只學習但不去思考，就會感

到迷惘。罔：通「惘」，迷惘、糊塗、迷惑。

⑲ 思而不學則殆：只是思考卻不學習讀書，那就會感到疲倦。殆（粵 toi⁵〔怠〕普 dài）：通「怠」，精神倦怠。這句是指有疑難卻只懂思考，不向老師查問，最終解決不了，使人白白浪費精神。

⑳ 賢哉回也：「回也賢哉」的倒裝句。賢：賢德。哉：語氣助詞，表示感歎的語氣。回：顏回，字子淵，亦稱為「顏淵」。天資聰敏，貧而好學，是孔子眾多弟子中最賢能的一位，可惜死時卻只有三十一歲。也：如用在句末，則多表示引起下文。

㉑ 簞（粵 daan¹〔丹〕普 dān）：盛飯用的圓形竹具，這裏作量詞用。食：食物，飯菜。

㉒ 瓢（粵 piu⁴〔平遙切〕普 piáo）：舀水用的工具，這裏也作量詞用。飲：水或其他可以喝下的液體。

㉓ 在陋巷：住在簡陋的房子。陋巷：本指狹小的巷子，引申為簡陋的住處。

㉔ 人不堪其憂：別人都忍受不了這種憂苦。不堪：不能忍受。

㉕ 回也不改其樂：顏回卻不改變他快樂的本心。也：語氣助詞，用於句中，表示停頓語氣，沒有實際意思。

㉖ 知之者不如好（粵 hou³〔耗〕普 hào）之者：知道它（這裏指學問或事業）的人比不上喜歡它（但無所得着）的人。者：人或事物的代稱，可寫做「……的人」、「……的事物」等。好：這裏用作動詞，表示「喜歡」。

㉗ 好之者不如樂（粵 ngaau⁶〔餓鬧切〕普 yào）之者：喜歡它的人比不上（因為得到知識而）感到快樂的人。樂：這裏用作動詞，表示「樂於」。

㉘ 飯：進食，吃，這裏作動詞用。疏食：粗糧，粗糙的糧食。

㉙ 曲（普 qū）肱（粵 gwang¹〔轟〕普 gōng）：彎起胳膊（粵 gaak³ bok³〔格駁〕普 gē bo）。肱：胳膊，肩臂相連處至手腕的部分。枕之：這裏指將胳膊當作枕頭墊頭。

㉚ 不義而富且貴：幹不正當的事而得到富貴。

㉛ 焉：語氣助詞，用在句末，以表示肯定。

㉜ 擇其善者而從之：選擇他們的長處來學習。善者：長處。從：跟從，學習。之：這裏指別人的長處。

㉝ 其不善者而改之：看到他們的缺點，（要反省自己是否也有同樣的問題，如果有，）就要加以改正。之：這裏指自己的缺點。

㉞ 川上：河邊。川：河流。

㉟ 逝者如斯夫：消逝的時光像這河水一樣。斯：這，指河水。夫（粵 fu⁴〔符〕 普 fú）：語氣助詞，無實義。

㊱ 不舍（粵 se³〔瀉〕 普 shè）晝夜：「晝夜不舍」的倒裝句，指日夜不停。舍：停止，止息。

㊲ 三軍：古時士兵分為左、中、右三軍，後為軍隊的通稱。奪：搶走。帥（粵 seoi³〔歲〕 普 shuài）：軍中最高指揮官。

㊳ 匹夫：百姓、平民、男子漢。志：志向、志氣。這兩句的意思是：三軍指揮官可以被奪走，但是有志氣的男子漢，他們的志向是不能動搖的。

㊴ 子夏：卜（粵 buk¹〔兵篤切〕 普 bǔ）商的字，孔子學生，擅長文學、孔門詩學。

㊵ 博學：廣泛學習。篤（粵 duk¹〔督〕 普 dǔ）志：堅定志向。

㊶ 切問而近思：懇切地發問，多考慮當前問題。

㊷ 仁：仁德。

【解讀】

上文十二則語錄主要記載了孔子及其弟子 —— 曾子、顏回和子夏，在學習、個人修養等方面的言行和主張。

在學習方面，儒家非常強調學習時要「反覆」、「深思」、「堅定」、「樂之」。例如孔子提倡「學而時習之」、「溫故而知新」、「學、思並重」等；曾子又會經常反省自己「傳不習乎」；至於子夏，則認

為學習要「博」、「篤」，遇到困難時要「切問」和「近思」，這些主張和理念，直到今天依然深受教育工作者所推許。

　　個人修養方面，儒家非常強調自身的修為，例如孔子說「人不知而不慍」、「擇其善者而從之」；曾子堅持自己每日「三省吾身」。當面對困境時，仍要堅持自己的志向，例如顏回即使要簞食瓢飲，也不會動搖做人的理念；孔子即使「飯疏食、飲水」，也感到樂在其中，不會因為不義的富貴，而做出有損君子形象、破壞道德標準的事情來。

　　正因為孔子能做到「有志於學」、善於思考、安貧樂道，因此即使面對「不舍晝夜」的時光飛逝，依然可以順應人生的歷程，做到從成年的「而立」，到壯年的「不惑」、「知天命」，到老年的「耳順」、「從心所欲」而「不踰矩」，這就是儒家學派所提倡的君子境界了。

　　《論語》用字簡單而不流於表面，善於捕捉說話者的言論重點，讓孔子和其弟子的不同思想、性格和談吐，躍然紙上，當中不少語錄內容，更演變為今天常用的成語或諺語，例如：「三省吾身」、「而立之年」、「從心所欲」、「溫故知新」、「樂在其中」、「三人行，必有我師焉」、「博學篤志」等，可見《論語》作為儒家「十三經」之一，對後世的影響非常深遠。

【文化知識】

十三經

　　「十三經」是十三部儒家經書的合稱，也是儒學的核心文獻，包括《周易》、《尚書》、《詩經》、《周禮》、《儀禮》、《禮記》、《左傳》（附《春秋》）、《公羊傳》、《穀梁傳》、《孝經》、《論語》、《爾雅》和《孟子》。「十三經」的整體性概念成熟於明朝，以萬曆十二年（公元一五八四年）明神宗頒佈詔令欽定《十三經註疏》為完全確立的

標誌。

十三經的內容龐雜，來源及時代不一，主要形成於先秦，既有孔子之前已經長期流傳的古代文獻（如《周易》、《尚書》等）；也有主要由戰國儒家學者編寫的著述（如左丘明的《左傳》）。其中一部分與孔子、早期儒家思想和其他儒家典籍的關係存在爭議，如《春秋》、《周禮》、《左傳》，更強烈的爭議是所謂的「偽書」問題，如今本《尚書》的部分篇目。

儒家經書的整理、加工、流傳與結集，是一個非常複雜且漫長的過程，從孔子用當時已經流傳多時的文獻教育學生開始，直至明代時十三經完全確立，跨越了兩千年。時至今日，世界各地的華人社區，整理十三經的工作仍然繼續。

【練習】

（參考答案見第 158 頁）

❶ 有說儒家對於學習，非常強調「反覆」和「深入」，試就這兩個層面簡單說明儒家的看法。

A）反覆：＿＿＿＿＿＿＿＿＿＿＿＿＿＿＿＿＿＿＿＿

B）深思：＿＿＿＿＿＿＿＿＿＿＿＿＿＿＿＿＿＿＿＿

❷ 請分析下列畫有底線的粗體文字在句子中的功能，把正確答案的代表字母填在括號內。

a. 表示肯定語氣　　　　b. 表示句子停頓

c. 表示感歎語氣　　　　d. 表示疑問語氣

A）傳不習**乎**？　　　　（　　　）

B）可以為師**矣**。　　　　（　　　）

C）回**也**不改其樂。　　　（　　　）

D）賢<u>哉</u>回也！　　　　（　　）

E）必有我師<u>焉</u>。　　　　（　　）

❸ 為甚麼孔子反覆説「賢哉回也」？這跟孔子一貫的言行相符嗎？試以本篇內容作簡單説明。

❹《論語》中有不少地方使用了通假字，即是以某個字代替另一個字。請在括號內寫出以下畫有底線的粗體通假字原本所指的文字，並把字義填在橫線上。

A）不亦**説**乎？　　　　（　　）；＿＿＿＿＿

B）不**踰**矩。　　　　　（　　）；＿＿＿＿＿

C）學而不思則**罔**。　　（　　）；＿＿＿＿＿

❺ 孔子説：「三人行，必有我師焉。擇其善者而從之，其不善者而改之。」在你的朋友身上，有甚麼值得你學習或警惕的地方？試簡單説明之。

唐　吳道子　先師孔子行教像

曹劌論戰

《左傳》

【引言】

　　本文表面上是論打仗之道，實際上卻是論治國之旨。怎樣才能管治好一個地方，我們的領袖、或是明日領袖的你們，實在要緊記。得民心者得天下，但願這個小城的在上者，都不是施小惠、行小信的肉食者。

曹劌論戰①

《左傳》

　　十年②，春，齊師伐我③。公將戰，曹劌請見④。其鄉人曰⑤：「肉食者謀之⑥，又何間焉⑦？」劌曰：「肉食者鄙⑧，未

能遠謀⑨。」乃入見⑩。問：「何以戰⑪？」公曰：「衣食所安⑫，弗敢專也⑬，必以分人⑭。」對曰：「小惠未遍⑮，民弗從也⑯。」公曰：「犧牲玉帛⑰，弗敢加也⑱，必以信⑲。」對曰：「小信未孚⑳，神弗福也㉑。」公曰：「小大之獄㉒，雖不能察㉓，必以情㉔。」對曰：「忠之屬也㉕。可以一戰㉖。戰則請從㉗。」

公與之乘，戰于長勺㉘。公將鼓之㉙。劌曰：「未可。」齊人三鼓㉚。劌曰：「可矣！」齊師敗績㉛。公將馳之㉜。劌曰：「未可。」下，視其轍㉝，登軾而望之㉞，曰：「可矣！」遂逐齊師㉟。

既克㊱，公問其故。對曰：「夫戰，勇氣也㊲。一鼓作氣㊳，再而衰，三而竭㊴。彼竭我盈㊵，故克之。夫大國，難測也，懼有伏焉㊶。吾視其轍亂㊷，望其旗靡㊸，故逐之。」

【典籍簡介】

　　《左傳》又名《左氏春秋》或《春秋左氏傳》，相傳為春秋時期魯國史官左丘明（公元前五五六至公元前四五一年），根據孔子所編訂的《春秋》而下注解的一部史書，與《公羊傳》、《穀梁傳》合稱「春秋三傳」。

　　《左傳》是中國史學史上最早的一部編年體史書，記載了從魯隱公元年（公元前七二二年）到魯哀公二十七年（公元前四六八年），這二百多年間各諸侯國在政治、外交、軍事等方面的歷史。《左傳》記載的內容既豐富、又仔細，不但是一部偉大的歷史著作，更是一部很有文學價值的歷史文集，其中對史事細節的真實記述，以及關於戰爭的描寫和人物的刻劃等，對後世文學都有深遠影響。

【注釋】

① 《曹劌論戰》：本文選自《左傳・莊公十年》，題目是後人所加的。曹劌（粵 gwai³〔貴〕 普 gui）：春秋時魯國（在今山東省境內）人，任魯國大夫，曾協助魯莊公擊退齊軍，亦參與過齊、魯兩國在柯的盟會。

② 十年：即魯莊公十年（公元前六八四年）。

③ 齊師：齊國的軍隊。師：軍隊。伐：攻打，侵犯。我：這裏指魯國。《左傳》是魯國人左丘明所作，所以稱魯國為「我」。

④ 公：即魯莊公。戰：迎戰，出戰。請見：求見。

⑤ 鄉人：同鄉的人。

⑥ 肉食者：吃肉的人，這裏指官員。古代一般只有官員或貴族，才能經常吃肉。謀：謀劃。

⑦ 何：為甚麼。間（粵 gaan³〔諫〕 普 jiàn）：參加，參與。焉（粵 jin¹〔煙〕 普 yān）：語氣助詞，這裏表示疑問的語氣。

⑧ 鄙（粵 pei²〔普己切〕 普 bǐ）：目光短淺。

⑨ 未能：不能夠。遠謀：深謀遠慮，把問題考慮清楚透徹。

⑩ 乃：於是。入見：入宮拜見魯莊公。

⑪ 何以戰：即「以何戰」的倒裝句，指「憑藉甚麼出戰」。以：憑藉，依靠。

⑫ 衣食所安：指衣食等賴以為生的東西。安：養，為生。

⑬ 弗敢專也：不敢獨自享用。弗（粵 fat¹〔忽〕普 fú）：不。專：獨佔。

⑭ 必以分人：是「必以之分人」的省略句，意思是：一定會把（衣食等資源）分給他人一起享用。人：這裏僅指魯莊公身邊的大臣和貴族，而非所有百姓，符合下文「小惠未遍」的意思。

⑮ 惠：恩惠、好處。遍：遍及所有人。這句是說：這些小恩小惠沒有遍及全國所有百姓。

⑯ 從：跟從，聽從。

⑰ 犧牲（粵 hei¹ sang¹〔希甥〕普 xī shēng）玉帛（粵 baak⁶〔白〕普 bó）：用作祭祀（粵 zai³ zi⁶〔際字〕普 jì sì）的物品。犧牲：祭祀時用的豬、牛、羊等牲口。玉帛：祭祀用的玉器和絲織品。

⑱ 加：這裏指虛報、誇大。

⑲ 必以信：必定以誠信（來祭祀神明）。信：誠實，守信用。

⑳ 小信未孚（粵 fu¹〔膚〕普 fú）：不虛報祭祀用品的數量，只是小信用，還不足以取得神靈的信任。孚：相信，信任。

㉑ 福：這裏作動詞用，指賜福、保佑。

㉒ 小大：小的和大的，意指所有。獄：案件。

㉓ 雖：雖然，即使。察：明察，不出絲毫差錯。

㉔ 必以情：一定根據實情（來作出裁決）。情：實情。

㉕ 忠之屬也：這是盡力做好分內事的表現。忠：盡力做好分內事。屬：種類，在這裏可以解作表現。

㉖ 可以一戰：是「可以之一戰」的省略，意思指「可以憑藉（這條件）打仗」。之：這裏指「據實裁決案件」這件事。

㉗ 則：那麼。請從：請允許我（曹劌）跟從。

㉘ 公與之乘：魯莊公與他（曹劌）一起乘坐（戰車）。長勺（粵 zoek³〔爵〕

（粵 sháo）：魯國地名，在今山東省萊蕪市。

㉙ 將：打算。鼓之：敲打戰鼓，即擊鼓進軍。

㉚ 三鼓：敲打了三次戰鼓，即進軍了三次。

㉛ 敗績：被打敗。

㉜ 馳之：驅動馬車追趕敵人。

㉝ 下：下車。轍（粵 cit³〔設〕普 zhé）：車輪在地上碾壓出的痕跡。

㉞ 軾（粵 sik¹〔色〕普 shì）：車輛前邊用來扶手的橫木。之：這裏指齊軍。

㉟ 遂：於是。逐：驅趕。

㊱ 既克：取得勝利之後。既：已經。

㊲ 夫（粵 fu⁴〔符〕普 fú）：發語詞，無實義。戰：戰爭，打仗。勇氣也：所依靠的是勇氣。

㊳ 一鼓作氣：第一次擊戰鼓可以振奮士氣。

㊴ 再：第二次擊鼓。衰：衰敗。竭：窮盡，這裏指士氣已經完全沒有。

㊵ 彼（粵 bei²〔比〕普 bǐ）竭我盈：敵軍（擊鼓三次，）士氣已經枯竭，我軍（才第一次擊鼓，）正是士氣振奮之時。彼：他們。盈：充滿。

㊶ 伏：埋伏。

㊷ 其：代詞。指齊軍戰車。

㊸ 靡（粵 mei⁵〔美〕普 mǐ）：倒下。

【解讀】

　　本文所記述的，是春秋時期魯國與齊國在長勺發生的戰爭，史稱「長勺之戰」。「長勺之戰」是中國古代以弱勝強的著名戰役之一。本文通過描寫魯國大夫曹劌和魯莊公在戰前、戰時和得勝之後的對話，刻劃出曹劌能言善辯、深謀遠慮、才能卓越的形象，同時也說明了取得民心和正確戰略在戰爭中的重要作用。

　　本文可分為三部分。第一部分寫開戰之前的準備：通過曹劌對魯莊公施政的回應 ——「小惠未遍」、「小信未孚」和「忠之屬也」，

層層展現出取得民心對於戰爭勝利的重要性，勝過大臣支持、神明庇佑，也呼應了曹劌在文章開始時所說的「肉食者鄙，未能遠謀」。

第二部分寫戰時的情況。曹劌深知「一鼓作氣」可以提升士氣，如果不能把握戰機，就會「再衰三竭」，因此趁齊軍三擊鼓後，才准許魯軍第一次擊鼓，趁敵人士氣低下時，以強橫的士氣加以攻擊，表現出曹劌卓越的軍事才能。

最後一部分寫魯軍取勝之後，曹劌解釋自己之所以仔細觀察敵軍撤退的車轍、倒下的軍旗，是因為要提防敵人設伏。這說明曹劌是個心思細密、有勇有謀的軍事家。

本篇文章以精妙的對話、細緻的描寫，刻劃出曹劌有遠見、有計謀、有心思的將領形象。

【文化知識】

經、傳、注、疏

古代會把某學術範疇內極為重要、且可作為標準的典籍稱為「經」，而為「經」所作的注解則稱為「傳（粵 zyun⁶〔自願切〕普 zhuàn）」或「注」，而為「傳」再作注解的典籍就稱為「疏（粵 so³〔算課切〕普 shū）」或「注疏」。《春秋》雖無「經」之名，但有「經」之實——「世衰道微，邪說暴行有作，臣弒其君者有之，子弒其父者有之。孔子懼，作《春秋》」（《孟子·滕文公下》）。因此《春秋》不但是魯國的史書，更儒家的經書，以作為君臣各安其位、各守其分的參考標準。

然而《春秋》所敍之事非常簡略，因此後人為之作注，流傳至今的有三種：魯國史官左丘明所作的注解稱為《左傳》，齊國人公羊高所作的稱為《公羊傳》，魯國人穀梁赤所作的稱為《穀梁傳》。這三種注解，合稱「春秋三傳」，都是儒家的重要典籍。至於「春秋三傳」，也有後人為之作注解，好像：西晉杜預的《春秋經傳集解》、

作者已不可考的《春秋公羊疏》、唐代楊士勛（粵 fan¹〔紛〕普 xūn）
的《春秋穀梁疏》等。

【練習】

（參考答案見第 158 頁）

❶ 文中的「肉食者」所指的是甚麼人？鄉人和曹劌怎樣評論他們？

A）肉食者指＿＿＿＿＿＿＿＿＿＿＿＿＿＿＿＿＿＿＿＿＿＿＿＿。

B）鄉人認為＿＿＿＿＿＿＿＿＿＿＿＿＿＿＿＿＿＿＿＿＿＿。

C）曹劌認為＿＿＿＿＿＿＿＿＿＿＿＿＿＿＿＿＿＿＿＿＿＿。

❷ 為甚麼曹劌在作戰時沒有及時擊鼓和追趕？這可以反映出他的哪
　 些性格特點？

❸ 大臣、神明、百姓，在曹劌心目中哪一項才是戰爭的致勝關鍵？
　 為甚麼？試以文章內容作簡單說明。

❹ 上古文字不及現在的多，一個字有時會肩負多個意思，因此多義
　 字是文言文的一大特色。請選出下列畫有底線的粗體多音字的意
　 思，把答案填在括號內。

就　　　　的　　　　曹劌　　　齊軍　　　然後

A）之

小大之獄　　　（　　　　）

公與之乘　　　（　　　　）

B）而

登軾而望之　　（　　　　）

再而衰　　　　（　　　　）

《孟子》三則

《孟子》

【引言】

　　孟子的教誨經歷兩千年，至今仍毫不過時，因為人性的黑暗和光明之對立依舊，我們依然需要亞聖的話語來洗滌心靈。「富貴不能淫，貧賤不能移，威武不能屈」、「捨身取義」、「生於憂患，死於安樂」……這些經典名句值得我們一讀再讀，並好好傳承下去。

富貴不能淫①

《孟子·滕文公下》

　　居天下之廣居②，立天下之正位③，行天下之大道④。得志，與民由之⑤；不得志，獨行其道⑥。富貴不能淫⑦，貧賤不能移⑧，威武不能屈⑨，此之謂大丈夫⑩。

【典籍簡介】

　　《孟子》大約成書於戰國中期，其作者眾說紛紜，孟子是最主流的說法，也有人認為作者是孟子弟子萬章、公孫丑等人。《孟子》是一部記錄孟子及其弟子活動和言論的著作，涉及政治、哲學、教育等諸多方面，當中所體現的孟子思想，被認為是對孔子思想的繼承和發展。孟子宣揚「性善論」，認為人性本善，故主張君王行仁政，對孔子「仁」的思想多有闡發。南宋朱熹從《禮記》中抽出《大學》、《中庸》兩篇，與《論語》和《孟子》合稱「四書」，是儒家的重要典籍。《孟子》注本主要有東漢趙岐（粵 kei⁴〔其〕普 qí）的《孟子章句》、南宋朱熹的《孟子集注》、清代焦循的《孟子正義》等。

【注釋】

① 《富貴不能淫》：本文節錄自《孟子・滕文公下》，題目是後人所加的。《孟子》一書共分為七篇，依次為：《梁惠王》、《公孫丑》、《滕文公》、《離婁（粵 lau⁴〔樓〕普 lóu）》、《萬章》、《告子》和《盡心》，每篇再分為上、下兩卷，共得十四卷。每篇題目只取篇首二三字，與文章內容無直接關係。

② 居天下之廣居：前一個「居」字是動詞，指「居住」；後一個「居」字是名詞，指「處所」。「天下之廣居」即天下最寬廣的住所，南宋朱熹認為這是比喻「仁」。居所廣闊，能載天下物，如「仁」之能愛天下人，故稱。

③ 立：站在。正位：正確的位置，朱熹認為這是比喻「禮」。站在正確的位置，不逾越，就像遵守禮法，安守本分，故稱。

④ 行：行走。大道：大路，這裏指「義」。走大道而不抄捷徑，猶如行正義而不作小人，故稱。

⑤ 得志，與民由之：得志的時候，和百姓一起前進。由：前行。

⑥ 不得志，獨行其道：不得志的時候，繼續堅持走自己的路。

⑦ 富貴不能淫：財富和地位不能迷惑我。淫：迷惑。

⑧ 貧賤不能移：貧賤交困時不動搖自己的志向。移：動搖，改變。

⑨ 威武不能屈：武力壓迫時也不能使我屈服。

⑩ 此之謂：這就叫做。

【解讀】

　　孟子被問到權傾天下的公孫衍、張儀，為甚麼不可以稱為「大丈夫」。孟子以幽默的口吻反問：「女子出嫁時，母親提醒她要順從丈夫，那叫做『婦道』。公孫衍、張儀只是阿諛奉承君王的意思，並沒有指正君王的不義行為，曲意順從君王，這跟『婦道』有甚麼分別？又何來『大丈夫』的美名？」

　　接着，孟子從三個方面講述了「大丈夫」應該具備的條件，以及如何養成這些條件。這三種精神 —— 仁、禮、義，都是儒家核心價值觀中的重要組成部分。「仁者，愛人」，表明「大丈夫」要有納天下之物的仁愛之心；知禮節，表明「大丈夫」要懂得禮節法度，安守本分，不能肆意妄為；「義」是遵循社會公德，表明「大丈夫」要行正義，做正確的事。以這種心態當官的人，得志時，會教導人民一起前進，即使不得志，也會堅持下去。

　　孟子認為，真正的「大丈夫」不應被金錢迷惑，不能因為貧苦就動搖自己的信念，不能因為受到威脅就輕言屈服。只有不為這些外在事物（富貴、貧賤、威武）所動搖，堅定信念，才有資格成為「大丈夫」。

魚我所欲也①

《孟子·告子上》

　　孟子②曰：「魚，我所欲也③；熊掌，亦我所欲也④，二者不可得兼，舍魚而取熊掌者也⑤。生，亦我所欲也；義，亦我所欲也⑥，二者不可得兼，舍生而取義者也。生亦我所欲，所欲有甚於生者⑦，故不為苟得也⑧。死亦我所惡⑨，所惡有甚於死者，故患有所不辟也⑩。如使人之所欲莫甚於生⑪，則凡可以得生者，何不用也⑫？使人之所惡莫甚於死者，則凡可以辟患者，何不為也⑬？由是則生而有不用也，由是則可以辟患而有不為也⑭。是故所欲有甚於生者，所惡有甚於死者⑮，非獨賢者有是心也⑯，人皆有之⑰，賢者能勿喪耳⑱。

　　「一簞食⑲，一豆羹⑳，得之則生，弗

得則死。嘑爾而與之㉑，行道之人弗受㉒；蹴爾而與之㉓，乞人不屑也㉔。萬鍾則不辨禮義而受之㉕，萬鍾於我何加焉㉖？為宮室之美，妻妾之奉㉗，所識窮乏者得我與㉘？鄉為身死而不受㉙，今為宮室之美為之㉚；鄉為身死而不受，今為妻妾之奉為之；鄉為身死而不受，今為所識窮乏者得我而為之：是亦不可以已乎㉛？此之謂失其本心㉜。」

【注釋】

① 《魚我所欲也》：本文節錄自《孟子‧告子上》，題目是後人所加的。

② 孟子：生於公元前三七二年，卒於公元前二八九年，名軻（粵）o¹〔柯〕（普）kē），鄒國（今山東省鄒縣）人。戰國時期儒家代表人物，繼承並發揚了孔子的思想，成為僅次於聖人孔子的一代儒家宗師，故有「亞聖」之稱，與孔子並稱「孔孟」。

③ 魚：魚肉，借指普通的食物。欲：想要。也：句末語氣助詞，表示肯定的語氣，無實義。

④ 熊掌：熊的足掌。脂肪多，味道美，是極珍貴的食品。亦：也。

⑤ 可：能夠。得兼：即「兼得」，指同時擁有。舍：通「捨」，捨棄、放棄。

⑥ 生：生命，生存。義：大義，道義。

⑦ 所欲有甚於生者：我所追求的事物遠超於生存。甚：超過，勝過。

⑧ 故：所以。苟（粵 gau²〔九〕普 gǒu）得：苟且取得，這裏指「苟且偷生」，即得過且過，勉強生存下去。

⑨ 惡（粵 wu³〔烏故切〕普 wù）：厭惡，討厭。

⑩ 故患有所不辟也：所以我不會因為怕死而逃避某些災禍。患：災禍。辟（粵 bei⁶〔鼻〕普 bì）：通「避」，躲避、避開。

⑪ 如使人之所欲莫甚於生：假如人所追求的事物遠不及活命。如使：假如。莫：不，沒有。

⑫ 則凡可以得生者，何不用也：那麼，只要可以活命，有甚麼事情是做不出的？則：那麼。

⑬ 使人之所惡莫甚於死者，則凡可以辟患者，何不為也：假如人所厭惡的事物遠不及死亡，那麼，只要可以避禍，有甚麼事情是做不出的？

⑭ 由是則生而有不用也，由是則可以辟患而有不為也：照這個方法去做，就可以活命，偏偏有人不做；照這個方法去做，就可以避禍，偏偏有人不做。由：遵照。是：此，這個方法。

⑮ 是故所欲有甚於生者，所惡有甚於死者：因此有事物比活命更重要，有事物比死亡更令人厭惡。

⑯ 非獨：不只。是心：這種精神，這裏指「生而有不用，可以避患而有不為」的心態。

⑰ 皆：都。

⑱ 賢者能勿喪（粵 song³〔送葬切〕普 sàng）耳：只是賢人能夠不捨棄這種精神罷了。勿：不。喪：捨棄。耳：語氣助詞，即罷了。

⑲ 一簞（粵 daan¹〔丹〕普 dān）食：一碗飯。簞：古代盛食物用的圓形竹器。

⑳ 一豆羹：一碗湯。豆：古代盛食物的器皿，類似高腳盤。

㉑ 嘑（粵 fu¹〔膚〕普 hū）爾而與之：沒有禮貌地吆喝着施捨給別人。嘑：同「呼」，呼喝。爾：語尾助詞，無實際意義。與：給予、施與。

㉒ 行道之人：過路人。受：接受。

㉓ 蹴（粵 cuk¹〔速〕普 cù）爾而與之：用腳踢給別人。

㉔ 乞人：乞丐。屑：在乎。

㉕ 萬鍾則不辨禮義而受之：俸祿（粵 fung² luk⁶〔匪羣切；六〕普 fèng lù）豐厚卻不加以辨別是否合理就接受了。萬：虛數，借指極多。鍾：古代容量單位，一鍾折合約六十四升。古代官員的俸祿以白米計算，萬鍾代指高官厚祿。則：卻。禮義：禮法道義。

㉖ 加：益處。焉：語氣助詞，表示疑問。這句的意思是：（不義的）豐厚俸祿對於我來説有甚麼益處呢？

㉗ 為：為了。妻妾之奉：妻子和妾侍的奉承。

㉘ 窮乏者：窮困的人。得：通「德」，這裏作動詞用，指「感念人家的恩德」。與（粵 jyu⁴〔余〕普 yú）：通「歟」，語氣助詞，表示疑問。

㉙ 鄉（粵 hoeng³〔向〕普 xiàng）：同「向」，以前。這句的意思是：從前有人寧死也不接受。

㉚ 今為（粵 wai⁶〔惠〕普 wèi）宮室之美為（粵 wai⁴〔圍〕普 wéi）之：如今有人為了住宅的華麗而接受了。句中的第一個「為」字指「為了」，第二個「為」字指「做」，即接受不義的俸祿。

㉛ 是亦不可以已乎：這（做法）不是可以停止的嗎？是：這，指接受不義的俸祿。已：停止。

㉜ 本心：天性，良知。

【解讀】

　　本文以「魚」和「熊掌」之間的取捨，類比「活命」（生）和「大義」（義）之間的取捨，講述了「捨生取義」的道理。

　　「捨生取義」是孟子所提倡的，他認為比「生」更為重要的事情是「義」，所以為了「義」可以捨棄生命。孟子認為「捨身取義」的精神，是人人都有的，只是賢人能夠在生死關頭，依然不捨棄這種精神而已。

　　孟子以「一簞食，一豆羹」為例，有它可以活命，沒有就會餓

死，可是如果以呼喝、腳踢的方式給予別人，那麼即使是乞丐也不會接受，說明了「義」比「生」更重要。然後孟子直接指斥當時的社會現象：有人為了住得好、有妻妾服侍和被窮人感激，因而拋棄了「義」，去接受不義的俸祿。他認為這種因利益而驅動的不義行為是喪失本心的表現。

　　本文論述中有破有立，層層深入，條理清晰，充分展現了孟子長於論辯的特點。

生於憂患，死於安樂①

《孟子·告子下》

　　舜發於畎畝之中②，傅說舉於版築之間③，膠鬲舉於魚鹽之中④，管夷吾舉於士⑤，孫叔敖舉於海⑥，百里奚舉於市⑦。故天將降大任於是人也⑧，必先苦其心志⑨，勞其筋骨⑩，餓其體膚⑪，空乏其身⑫，行拂亂其所為⑬，所以動心忍性⑭，曾益其所不能⑮。

　　人恆過⑯，然後能改⑰；困於心⑱，衡於慮⑲，而後作⑳；徵於色㉑，發於聲㉒，而

後喻^㉓。入則無法家拂士^㉔，出則無敵國
外患者^㉕，國恒亡^㉖。然後知生於憂患，
而死於安樂也^㉗。」

【注釋】

① 《生於憂患，死於安樂》：本文節錄自《孟子‧告子下》，題目是後人
所加的。

② 舜（粵 seon³〔信〕普 shùn）發於畎（粵 hyun²〔犬〕普 quǎn）畝之中：
舜是從田間被任用的。舜：上古的「五帝」之一，原本是農夫，帝
堯知其賢能，因此把共主之位禪讓給舜。發：起，這裏指任用。畎
畝：田地。畎：田間的小水溝。

③ 傅説（粵 jyut⁶〔月〕普 yuè）舉於版築之間：傅説是從築牆的泥匠中被
選拔出來的。傅説：商王武丁的丞相，原本是築牆的泥匠。舉：被
選拔。版：修築土牆的夾板。築：修築土牆用的杵（粵 cyu²〔草主切〕
普 chǔ；鐵棒）。版築：築牆時，用泥土填入兩版之間，並以杵把土
搗實，使土牆穩固成形，這裏代指修土牆的人。

④ 膠鬲（粵 gaak³〔隔〕普 gé）舉於魚鹽之中：膠鬲是從賣魚賣鹽的商販
中被選拔出來的。膠鬲：商朝賢臣。

⑤ 管夷吾舉於士：管仲是從獄官手中被釋放而任用的。管夷吾：即管
仲，「夷吾」是本名，「仲」是別字，春秋時期齊桓公的大臣，輔助
齊桓公稱霸。士：獄官。相傳齊國公子小白和公子糾爭奪王位，管
仲輔佐公子糾，鮑叔牙輔佐公子小白，最終公子糾事敗，與管仲一
起逃亡魯國。小白登基，是為齊桓公，他從鮑叔牙口中知道管仲賢
能，於是請魯莊公殺死公子糾，並把管仲送回齊國。魯莊公於是派
管理監獄的官員押送管仲。管仲回國後，被齊桓公封為相國。

⑥ 孫叔敖（粵ngou⁴〔熬〕普áo）舉於海：孫叔敖是從海邊被任用的。孫叔敖：春秋時期楚國人，原本隱居於海邊，楚莊王知道他很有才能，便任用他為官。

⑦ 百里奚（粵hai⁴〔兮〕普xī）舉於市：百里奚是從市集裏被贖回並任用為官的。百里奚：春秋時期虞（粵jyu⁴〔余〕普yú）國大夫，虞國國君被俘虜後，百里奚被送往秦國市集，賣身為奴，後被秦穆公以五張羊皮贖回，並封為宰相，輔助秦穆公稱霸。

⑧ 故：所以。是人：這個人。這句的意思是：所以上天將要把重大的使命降臨到這個人身上。

⑨ 苦其心志：磨練他的心志。

⑩ 勞其筋骨：勞役他的身體。

⑪ 餓其體膚：讓他捱飢抵餓。

⑫ 空乏其身：讓他遭受貧困之苦。

⑬ 行拂亂其所為：使他所做的事都不順利。

⑭ 所以：用來。動：震動。忍：忍受。這句話的意思是：（這些方法都是）用來使他心靈受到震動，從而使他的性格變得堅韌。

⑮ 曾：同「增」，增加，提升。這句話的意思是：提升本來沒有的才能，可以理解為發掘潛能。

⑯ 恆過：常常犯錯誤。恆：常。過：這裏作動詞用，指犯錯。

⑰ 然：這樣。然後能改：這樣以後才能改正。

⑱ 困於心：內心有困惑。於：在。

⑲ 衡於慮：在思慮中有所不通。衡（粵waang⁴〔王盲切〕普héng）：通「橫」，阻塞，不通，不明白。

⑳ 而後作：然後才能有所作為。

㉑ 徵於色：表現在臉上。憔悴時，會表現在臉色上。徵：表現。

㉒ 發於聲：吟詠歎息的情緒都通過聲音發出來。

㉓ 而後喻：這樣其他人才理解他。喻：明白，理解。

㉔ 入則無法家拂士：在國內，如果沒有堅持法度的大臣和輔佐君主的大臣。入：在國內。則：如果。法家：堅持法度的大臣；拂（粵 bat⁶〔拔〕普 bì）士：輔佐君王的大臣。拂：通「弼」，輔佐。

㉕ 出則無敵國外患者：在國外，如果沒有勢均力敵的國家和外來的禍患。出：在國外。敵國：能與本國相匹敵，勢均力敵的國家。

㉖ 國恆亡：國家常常會滅亡。

㉗ 然：這樣，指上文說的這些情況。知：明白。生於憂患，而死於安樂：在憂患中掙扎才能生存，在安樂中沉溺容易滅亡。

【解讀】

「生於憂患，死於安樂」是《孟子》中的千古名句，它時刻督促後人不能沉溺於安樂而不思進取，也不能因為自己處在困境中就放棄進步，要明白到困境正是對個人的鍛煉，戰勝困難才能取得成功，古往今來許多仁人志士都以孟子的這段話來自勉。

孟子先以帝舜、傅說、膠鬲、管仲、孫叔敖、百里奚這六位明君賢臣，說明能成就大業者，必先要經過一番苦難的磨練。除了針對個人論述「生於憂患」的意義，孟子還結合國家存亡的規律，來闡釋「生於憂患，死於安樂」：一個國家如果沒有可堪重任的大臣，沒有對手督促自己進步，常處於安逸之中，就會很容易走向滅亡。

作者通過排比、層遞的手法，舉出歷史典故說明「生於憂患」的意義，進而闡明個人成材和國家興盛都離不開憂患意識的深刻道理。這種面對困境時應有的態度，直到今天仍值得我們思考和踐行。

【文化知識】

古代食器

《魚我所欲也》一文有「一簞食，一豆羹」句，當中的「簞」和「豆」都是古代的食器。

所謂「民以食為天」，我國古代的食器名目繁多。用於烹飪的叫「炊（粵ceoi¹〔吹〕普chuī）器」，包括有鼎、鬲（粵lik⁶〔力〕普lì）、甗（粵jin⁵〔以免切〕普yǎn）等，有陶製的，也有青銅鑄的。鼎是用來煮肉和盛肉的，分三足和四足，四足的叫「方鼎」；鬲與鼎相似，但足部中空，可以煮肉，也可以煮飯；甗分上、下兩層，中間為有孔隔層，可以用來蒸飯。

用來盛飯菜的，叫做「食器」，包括了簋（粵gwai²〔鬼〕普guǐ）、豆（粵dau⁶〔逗〕普dòu）、籩（粵bin¹〔邊〕普biān）等。簋是一種圓形器皿，兩旁有耳，用青銅、陶、木或竹製成；豆是有蓋的食器，木製的叫「豆」，竹製的叫「籩」。

至於盛酒的有觥（粵gwang¹〔轟〕普gōng）、罍（粵leoi⁴〔雷〕普léi）等，飲酒器通稱為「爵」，細分還有觚（粵gu¹〔孤〕普gū）、觶（粵zi³〔志〕普zhì）、觴（粵soeng¹〔商〕普shāng）、杯等。

這些器皿大多為古代貴族日常使用，或祭祀時當作禮器使用，不同等級的人所用器具的尺寸、數量都有嚴格規定，不能逾越。

【練習】

（參考答案見第 159 頁）

❶ 在《富貴不能淫》一文中，孟子認為在自身和外在兩方面，要怎樣做才可以成為「大丈夫」？

A）自身：＿＿＿＿＿＿＿＿＿＿＿＿＿＿＿＿＿＿

B）外在：＿＿＿＿＿＿＿＿＿＿＿＿＿＿＿＿＿＿

❷ 在《魚我所欲也》一文中，「魚」和「熊掌」所指的本來是甚麼？
又比喻為甚麼？

A)「魚」：_____

B)「熊掌」：_____

❸ 孟子認為「捨生取義」的精神是否只屬賢人專有呢？

❹ 根據《生於憂患，死於安樂》一文，上天考驗古代偉人的最終目
的是甚麼？

❺ 分辨下列句子所運用的修辭手法，把答案填在括號內。

A)富貴不能淫，貧賤不能移，威武不能屈　　　（　　　）

B)萬鍾則不辨禮義而受之，萬鍾於我何加焉？　（　　　）

C)入則無法家拂士，出則無敵國外患　　　　　（　　　）

❻ 在現今的香港社會，還有許多人在做「捨義取生」的事情。請試
舉出一例，並説説這些人能否回復其本性。

❼ 在帝舜、傅説、膠鬲、管仲、孫叔敖和百里奚當中，你認為哪一
位賢人所受的苦難最大？為甚麼？試簡單説明之。

論四端

《孟子》

【引言】

　　惻隱之心，人皆有之。昔日經濟不發達，街坊鄰里尚能互相幫助；可是社會進步了，大家卻好像只是為了自己，一副麻木冰冷的樣子，彷彿埋沒了這自古以來的教誨和信念。究竟是物慾已經令我們人心不古，還是基於種種原因，讓我們不敢表露這顆惻隱之心？無論如何，但願我們都能好好守護這顆心。

論四端①

《孟子》

　　孟子曰：「人皆有不忍人之心②。先王有不忍人之心，斯有不忍人之政矣③。以不忍人之心，行不忍人之政，治天下

可運之掌上④。所以謂人皆有不忍人之心者⑤，今人乍見孺子將入於井⑥，皆有怵惕惻隱之心⑦，非所以內交於孺子之父母也⑧，非所以要譽於鄉黨朋友也⑨，非惡其聲而然也⑩。由是觀之⑪，無惻隱之心，非人也；無羞惡之心⑫，非人也；無辭讓之心⑬，非人也；無是非之心⑭，非人也。惻隱之心，仁之端也⑮；羞惡之心，義之端也；辭讓之心，禮之端也；是非之心，智之端也。人之有是四端也，猶其有四體也⑯。有是四端而自謂不能者⑰，自賊者也⑱；謂其君不能者，賊其君者也⑲。凡有四端於我者，知皆擴而充之矣⑳，若火之始然㉑，泉之始達㉒。苟能充之㉓，足以保四海㉔，苟不充之，不足以事父母㉕。」

【注釋】

① 《論四端》：本文節錄自《孟子・公孫丑上》，題目是後人所加的。

② 不忍人之心：不忍害人的心，可以理解為同情心。

③ 斯：於是。不忍人之政：憐憫百姓的政策。矣：語氣助詞，表示肯定。

④ 治天下可運之掌上：治理天下就可以像在手掌上轉動東西一樣容易。

⑤ 所以謂：之所以說。

⑥ 乍：突然。孺（粵 jyu⁴〔余〕普 rú）子：小孩子。入：墮入、跌入。

⑦ 怵惕（粵 zeot¹ tik¹〔卒忑〕普 chù tì）：驚恐害怕。惻隱：憐憫、同情。

⑧ 非所以：不是因為。內（粵 naap⁶〔念習切〕普 nà）交：結交。內：通「納」，結交。

⑨ 要（粵 jiu¹〔腰〕普 yāo）譽：求得榮譽。要：通「邀」，求得。

⑩ 而然：而這樣（救小孩）。這句的意思是：不是因為討厭孩子的哭聲才去救小孩。

⑪ 由是觀之：從這件事來看。是：這，代指救孩子這件事。

⑫ 羞惡（粵 wu³〔餓故切〕普 wù）之心：羞恥心。羞：因自己不好而感到羞恥。惡：因別人不好而感到厭惡。

⑬ 辭讓之心：即謙讓之心。辭：推卻。讓：禮讓。

⑭ 是非之心：明辨是非之心。

⑮ 仁：愛人。端：發端，開始。這句話的意思是：惻隱之心是仁的發端。

⑯ 猶：如同。四體：四肢。

⑰ 有是四端而自謂不能者：有這四端卻說自己不行的人。

⑱ 自賊者也：是自暴自棄的人。賊：這裏作動詞用，傷害。

⑲ 君：這裏指君王。

⑳ 我：指自己。知皆擴而充之矣：（如果）知道擴展它們（四端）。這裏省略了假設複句關聯詞「如果」。

㉑ 若火之始然：正猶如火苗剛剛開始燃燒（接着會越燒越旺）。然：同

「燃」，燃燒。

㉒ 泉之始達：正如泉水開始流淌（最終會匯成江河）。

㉓ 苟：如果。

㉔ 足以保四海：可以安定天下。

㉕ 不足以事父母：連自己的父母都不能照顧好。事：照顧。

【解讀】

這是《孟子》其中一篇家喻戶曉的文章。孟子認為不忍人之心，人皆有之，並以「乍見孺子將入於井」為例證。接着，他認為「四端」── 惻隱之心、羞惡之心、辭讓之心、是非之心 ── 就像四肢一樣，是與生俱來的，所以每個人的本性都是善良的，是可以進一步塑造，進一步擴充的，以達致仁、義、禮、智的境界。

不論是古代，還是現在，這「四端」都應該得到發揚 ── 培養自己的美好品德，才能夠照顧好自己的家庭，進而履行對國家和社會的責任。這實際上是將個人修養與家國治理相聯繫，從而實現儒家所提倡的「修身、齊家、治國、平天下」的目標。

【文化知識】

四海

四海是古中國的世界觀裏環繞中國四方之海，東、南、西、北四個方位各有一個海。起初只有東海和南海，能連繫到真實的位置，也就是今日的東海和南海，至於其餘兩個海，起初只是具象徵意義，直到西漢將中原勢力，向西和北擴充，西海和北海才連繫到真實的位置 ── 也就是貝加爾湖（在今俄羅斯接近蒙古國的邊境）和青海湖。不過，四海也有另外一個版本，那就是南海、東海、黃海和渤海。

【練習】

（參考答案見第 160 頁）

❶ 孟子舉了甚麼例子來說明人皆有不忍人之心？

❷ 孟子提出的「四端」，是指哪四種事物？如果將這四端加以擴充，可以達致甚麼境界？如果不能，又會出現甚麼情況？

❸ 解釋下列畫有底線的粗體字的詞性及意思：

A）人皆有不忍人之心。　　詞性：＿＿＿＿　意思：＿＿＿＿

B）由是觀之，　　　　　　詞性：＿＿＿＿　意思：＿＿＿＿

C）人之有是四端也　　　　詞性：＿＿＿＿　意思：＿＿＿＿

D）無是非之心　　　　　　詞性：＿＿＿＿　意思：＿＿＿＿

❹ 分辨下列句子所運用的修辭手法。

A）非所以內交於孺子之父母也，非所以要譽於鄉黨朋友也，非惡其聲而然也 ＿＿＿＿＿

B）人之有是四端也，猶其有四體也 ＿＿＿＿＿

C）火之始然，泉之始達 ＿＿＿＿＿

D）苟能充之，足以保四海，苟不充之，不足以事父母 ＿＿＿＿＿

❺ 「惻隱之心，人皆有之。」你認同孟子的想法嗎？為甚麼？試簡單說明之。

湯問（節錄）

《列子》

【引言】

　　朋友是人生中很重要的一環。有時很多心事，連家人都未必明白、未必願意深入了解；朋友卻能分擔和體諒，所以難怪不少人說「人生得一知己，死而無憾」、「士為知己者死」。然而，知己是可遇不可求的，像伯牙與鍾子期這兩位知音人，更是難能可貴。但願我們若有一天遇上真正的知己，都能好好珍惜。

湯問①（節錄）

《列子》

　　伯牙善鼓琴②，鍾子期善聽③。伯牙鼓琴，志在登高山④。鍾子期曰：「善哉⑤！峨峨兮若泰山⑥！」志在流水，鍾子期

· 37 ·

曰：「善哉！洋洋兮若江河⑦！」伯牙所念⑧，鍾子期必得之⑨。

伯牙游於泰山之陰⑩，卒逢暴雨⑪，止於巖下⑫，心悲，乃援琴而鼓之⑬。初為霖雨之操⑭，更造崩山之音⑮。曲每奏，鍾子期輒窮其趣⑯。伯牙乃舍琴而歎曰⑰：「善哉！善哉！子之聽夫⑱，志想象猶吾心也⑲。吾於何逃聲哉⑳？」

【典籍簡介】

《列子》又名《沖虛經》、《沖虛真經》，是道家重要典籍。相傳為戰國時期鄭國人列禦寇（粵jyu⁶ kau³〔預扣〕普yù kòu）及其門人所作。列禦寇，後人尊稱為「列子」，戰國時期道家學派思想家。《列子》在西漢時已散佚，後來才被西漢末劉向重新編輯整理。三國時期動亂，劉向編纂的《列子》也散佚，到東晉時期再次被人搜集成書。

今本《列子》由《天瑞》、《黃帝》、《周穆王》、《仲尼》、《湯問》、《力命》、《楊朱》及《説符》八篇組成，其內容大部分是民間故事、神話傳説和寓言故事，其中的思想內容比較複雜，反映了古人對天、地、人的認識和觀念，往往用淺顯的話語和故事，傳達出包含大智慧的人生哲理，當中不少故事更演變成今天耳熟能詳的成語，譬如「愚公移山」、「杞人憂天」、「歧路亡羊」等。

唐代時，《列子》與《道德經》、《莊子》、《文子》並列為道教的四部經典。

【注釋】

① 《湯問》：《列子》中的第五篇。與該時期的其他文章一樣，本篇題目
　　只取文章首句「殷湯問於夏革曰」，再濃縮為「湯問」兩字，與文章
　　內容沒有太大關係。

② 伯牙：春秋時晉國上大夫，善於彈琴。鼓琴：彈琴。

③ 鍾子期：楚國的一位樵夫，善於欣賞琴曲。

④ 志在登高山：心裏想着攀登高山。志：志趣，心意。

⑤ 善哉：讚美的話，類似「太好了」、「絕妙啊」等。哉：語氣助詞，
　　表示感歎的語氣。

⑥ 峨（粵 o⁴〔鵝〕普 é）峨：山高的樣子。兮：語氣助詞，無實義。若：
　　好像。泰山：又名東嶽，位於今山東省泰安市境內。

⑦ 洋洋：水勢浩大的樣子。江河：泛指河水，一說特指長江和黃河。

⑧ 所念：心中所想。

⑨ 得：領會，聽得出。

⑩ 泰山之陰：泰山的北面。古人稱山的北坡、水的南岸為「陰」，反之
　　為「陽」。

⑪ 卒（粵 cyut³〔撮〕普 cù）：通「猝」，突然、倉猝、猝然的意思。

⑫ 止：滯留，被困。巖（粵 ngaam⁴〔癌〕普 yán）：通「岩」，這裏指高
　　峻的懸崖。

⑬ 乃：於是。援（粵 wun⁴〔垣〕普 yuán）：拿，拿出。

⑭ 初：起初，開始的時候。為：這裏指彈奏。霖雨：連綿大雨。操：
　　琴曲的一種，曲調較淒涼低婉。

⑮ 更：接着。造：這裏也指彈奏。

⑯ 輒（粵 zip³〔接〕普 zhé）：總是。窮：窮盡，這裏指理解透徹。趣：
　　意味、旨意。

⑰ 舍（粵 se³〔瀉〕普 shè）琴：停止彈琴。舍：停止。

⑱ 善哉！善哉！子之聽夫：真厲害啊！真厲害啊！你的鑒賞力！聽：
　　聽力，鑒賞力。夫（粵 fu⁴〔符〕普 fú）：語氣助詞，表示感歎。

⑲ 志想象猶吾心也：（你）心中所想到的事物，和我（彈琴時）所想的一樣。志：心志。象：意象，事物。猶：猶如，一樣。

⑳ 吾於何逃聲哉：我到何處去隱藏我的心聲呢？逃：隱藏。聲：這裏指心聲。哉：語氣助詞，表示疑問。

【解讀】

本文所講述的是一則關於「知音」的故事。

「知音」的字面意思是懂得音樂。伯牙善於彈琴，他想到山，就能彈出高山的巍峨；想到水，就能奏出江水的澎湃。他的好友鍾子期善於聽曲，只要一聽，就知道伯牙心中想要表達的是山是水，是霖雨之操，還是崩山之音。連伯牙也打趣地對鍾子期説：「你總能想到我心中所想，你叫我可以走到哪裏，去隱藏我的心聲呢？」

可惜，鍾子期死後，伯牙就將琴摔碎，再也不彈了。因為他覺得世界上再沒有人，能比鍾子期更懂自己的音樂……所以後世就用「知音」來指了解自己的人，也用「高山流水」來形容有共同志趣、能互相理解的友誼。

【文化知識】

管鮑之交

很多人都認為政客各為其主，在政壇上很難找到真正的友誼。不過，「管鮑之交」的故事，也許會讓大家改觀。

春秋時候的管仲和鮑（粵baau¹〔包〕普bào）叔牙是好朋友，他們一起做生意，管仲總要多分一些利潤，別人都為鮑叔牙抱不平，鮑叔牙卻知道管仲這樣做，是因為家貧。上戰場的時候，管仲總會往後退，還曾經逃跑，別人譏笑管仲貪生怕死，鮑叔牙替他解釋，

說逃跑是因為家有年老的母親要奉養。

　　後來管仲當上了齊國公子糾的謀士，鮑叔牙則為公子小白效力，後來小白即位，是為齊桓公。他打算請鮑叔牙做相國，並想殺死管仲。鮑叔牙堅拒，反而向齊桓公推薦管仲。終於，管仲做了相國，還輔佐齊桓公稱霸諸侯。鮑叔牙總是了解管仲的想法和才能，因此管仲常常說：「生我者父母，知我者鮑子也。」後來人們就用「管鮑之交」來指相知很深的友誼。

【練習】

（參考答案見第 160 頁）

❶ 從哪裏可以得知鍾子期是「善聽」之人？請以文章內容簡單說明。

❷ 分辨下列畫有橫線的粗體字所代指的事物，把答案填在括號內。

A）鍾子期必得<u>之</u>　　　（　　　）

B）乃援琴而鼓<u>之</u>　　　（　　　）

C）<u>子</u>之聽夫　　　　　（　　　）

D）<u>吾</u>於何逃聲哉　　　（　　　）

❸ 你認為鍾子期能聽出伯牙的心意，是否純粹因為鑒賞力高？還是有其他原因？試簡單說明之。

❹ 伯牙對鍾子期說：「子之聽夫，志想象猶吾心也。」你也有這種與你心靈相通的好朋友嗎？

西施病心

《莊子》

【引言】

　　不只是惻隱之心，就連愛美之心也是人皆有之，何況是四大美人之一的西施？西施之美，引人羨慕，甚至模仿，這本是無可厚非的事，但試想像，若東施之流也爭着盲目模仿，結果會是如何？

西施病心[①]

《莊子》

　　西施病心而矉其里[②]，其里之醜人見而美之[③]，歸亦捧心而矉其里[④]。其里之富人見之[⑤]，堅閉門而不出[⑥]；貧人見之，挈妻子而去走[⑦]。彼知矉美[⑧]，而不知矉之所以美[⑨]。

【典籍簡介】

《莊子》，亦稱為《南華真經》或《南華經》，在魏晉時代與《老子》和《易經》被稱為「三玄」，為清談的主要典籍。唐代時，《莊子》則與《老子》、《文子》、《列子》並列為道教四部經典。

《莊子》是由戰國時期著名思想家莊子及其門人編撰的。據司馬遷《史記》所載，《莊子》本有五十二篇文章，今本所見《莊子》卻只有三十三篇，包括《內篇》七篇、《外篇》十五篇和《雜篇》十一篇，應是西晉哲學家郭象為《莊子》作注時所編定的。

《莊子》包含了豐富的哲學思想，主要是追求超現實的精神世界；此外，文中充滿了豐富奇特的想像，包含了大量神話和寓言故事，文字優美，具有很高的文學價值。

莊子（約公元前三六九至公元前二八六年），名周，戰國時蒙國（今河南省商丘市）人，是道家學派代表人物，也是老子思想的繼承和發展者。後世將他與老子並稱為「老莊」。據傳，莊子曾隱居南華山，故唐玄宗封莊周為「南華真人」，稱其所著之書《莊子》為《南華經》。

【注釋】

① 《西施病心》：本文節錄自《莊子・外篇・天運》，題目是後人所加的。西施，本名施夷光，春秋末期越國諸暨（今浙江省諸暨市）人，是中國古代四大美人之一。據説住在若耶溪（在今浙江省紹興市）西岸，因此被稱為西施。病心：患了心痛病。

② 矉（粵 pan⁴〔貧〕普 pín）：皺眉，一作「顰」。其：她的，這裏指西施的。里：鄉村。

③ 醜人：即東施。因為姓施，而居於若耶溪東岸，故稱。因樣子醜陋，故在這裏稱為「醜人」。見而美之：見到（矉眉的西施），覺得

西施很美。美：這裏用作動詞，表示「認為他人美麗」。

④ 歸：回家。亦：也。捧：扶着。這句的意思是：（醜人）回家途中也用手扶着心口，皺着眉頭在村裏走過。

⑤ 其里之富人見之：鄉里的富人見到她（醜人）。

⑥ 堅：緊緊地。

⑦ 挈（粵kit³〔竭〕普qiè）：攜帶，帶着。妻子：妻子和子女。去：離開。走：跑。這句話的意思是：帶着妻子和孩子遠離醜人，趕緊跑得遠遠的。

⑧ 彼：她，代指醜人。知矉美，知道皺眉頭很美。

⑨ 矉之所以美：矉眉為甚麼美麗。此句的意思是：醜人只知道西施皺眉很美麗，卻不知道她皺眉為何讓人覺得美麗。

【解讀】

這是《莊子·外篇·天運》中的一則寓言故事。

在此之前，莊子談到禮義法度，都是順應時代而有所變化的事物。三皇五帝時代的禮義法度，到了這個時代，不一定合適，勉強執行只會出現反效果。

接着，莊子就舉了西施病心這個故事：醜陋的東施認為西施皺眉美麗，於是加以模仿，結果引得全村鄉里紛紛走避。

這就是成語「東施效矉」的故事原型，旨在提倡不要盲目模仿他人，即使要學習或模仿，也應加以認識該事物的內在，不能只看表面 —— 故事中的醜人只知西施皺眉很美，卻不知西施皺眉很美是因為西施本來就很美，結果模仿不成，反而讓人感到可笑和害怕。

莊子認為，統治者不能單純覺得先王的禮義法度很好，而不了解當中的原因，就盲目推行，否則只會為管治帶來反效果。

【文化知識】

西施

　　春秋末年，吳王擊敗越國，越王勾踐成為俘虜。為了復仇，勾踐決定獻上美女以迷惑夫差，於是命令范蠡（粵 lai⁵〔禮〕普 lǐ）把西施進獻給吳王。范蠡見到吳王，跪拜着説：「東海賊臣勾踐，感大王之恩德，遍搜境內，得善歌舞者，以供灑掃之役。」可是相國伍子胥（粵 seoi¹〔需〕普 xū）進言説：「臣聞：夏亡以妺（粵 mut⁶〔末〕普 mò）喜，殷亡以妲（粵 daat³〔對法切〕普 dá）己，周亡以褒姒（粵 bou¹ ci⁵〔煲似〕普 bāo sì）。夫美女者，亡國之物也，王不可受。」

　　然而吳王不聽其勸諫，馬上把西施收了下來，並建造春宵宮、館娃宮、修築大水池，以供西施嬉戲遊玩。夫差對西施寵愛至極，沉迷於西施的美色，荒廢朝政。勾踐趁機休養生息，養精蓄鋭，然後乘虛而入，最後一舉消滅吳國。

　　吳國破滅後，西施的行蹤成謎。有説西施與范蠡相戀，當吳國滅亡之後，范蠡不要越王的封賞，趁着夜色與西施私奔，從此避世於太湖，逍遙餘生；亦有説勾踐夫人見西施貌美，怕勾踐看上她，於是將她放進皮袋之中沉於江底。後來在江中出現了蛤蜊（粵 gap³ lei⁴ 普 gé lì），人家説那是西施的舌頭，故此蛤蜊也有「西施舌」之別稱。

【練習】
（參考答案見第 161 頁）

❶ 根據文章內容，西施為甚麼要皺眉？

　　○ A. 因為她有心病。　　　　○ B. 因為她不開心。

　　○ C. 因為她患有心痛病。　　○ D. 因為她看見東施。

❷ 承上題，醜女皺眉的原因又是甚麼？

❸ 莊子藉「西施病心」這個故事，想要說明甚麼？

❹ 選出下列句子中多義字「而」的不同字義，把答案填在括號內。
　　　　　但是　　　　　於是　　　　　兼且　　　　　因此
　A）西施病心而矉其里　　　　　　　　（　　　）
　B）其里之醜人見而美之　　　　　　　（　　　）
　C）堅閉門而不出　　　　　　　　　　（　　　）
　D）彼知矉美，而不知矉之所以美　　　（　　　）

鄒忌諷齊王納諫

《戰國策》

【引言】

雖然此文談的是治國之道，與我們無關，但就個人層面來說，我們也有得着：我們每天都會聽到很多意見，但有沒有深思這些意見背後的動機呢？人都喜歡聽好話，但又有幾多人能有齊威王的氣量和智慧，去聽取身邊人的逆耳忠言？

鄒忌諷齊王納諫[①]

《戰國策》

　　鄒忌脩八尺有餘[②]，而形貌昳麗[③]。朝服衣冠，窺鏡[④]，謂其妻曰[⑤]：「我孰與城北徐公美[⑥]？」其妻曰：「君美甚，徐公何能及君也[⑦]！」城北徐公，齊國之美

麗者也。忌不自信⑧，而復問其妾曰⑨：「吾孰與徐公美⑩？」妾曰：「徐公何能及君也？」旦日⑪，客從外來，與坐談⑫，問之：「吾與徐公孰美？」客曰：「徐公不若君之美也⑬！」明日，徐公來，孰視之⑭，自以為不如；窺鏡而自視，又弗如遠甚⑮。暮寢而思之，曰：「吾妻之美我者，私我也⑯；妾之美我者，畏我也⑰；客之美我者，欲有求於我也。」

於是入朝見威王⑱，曰：「臣誠知不如徐公美⑲。臣之妻私臣，臣之妾畏臣，臣之客欲有求於臣，皆以美於徐公⑳。今齊地方千里，百二十城，宮婦左右莫不私王㉑，朝廷之臣莫不畏王，四境之內莫不有求於王：由此觀之，王之蔽甚矣㉒！」

王曰：「善㉓。」乃下令：「羣臣吏民，能面刺寡人之過者，受上賞㉔；上書諫寡人者，受中賞；能謗譏於市朝㉕，聞寡人之耳者㉖，受下賞。」令初下，羣臣

進諫，門庭若市㉗；數月之後，時時而間進㉘；期年之後㉙，雖欲言㉚，無可進者㉛。

　　燕、趙、韓、魏聞之㉜，皆朝於齊㉝。此所謂戰勝於朝廷㉞。

【典籍簡介】

　　《戰國策》這部史籍記述了戰國時期各國策士，周遊列國，遊說諸侯國君王時的言論。全書按東周、西周、秦國、齊國、楚國、趙國、魏國、韓國、燕國、宋國、衞國、中山國依次分國編寫，共三十三卷，採用分國記事的編排方式，記錄了當時策士們的遊說策略、治國方略和一些軍政大事，反映了戰國時期諸侯國內政外交的歷史事實。

　　相比於《左傳》的敍事成就，《戰國策》更表現出「文辭之勝」：辭藻華美、氣勢磅礴，這也使得它具有更高的文學價值。其中豐富的故事情節和逼真飽滿的人物形象，對後世文學，特別是小說有着深遠的影響。

【注釋】

① 《鄒忌諷齊王納諫》：本文選自《戰國策·齊策一》，題目是後人所加的。鄒忌（粵zau¹ gei⁶〔周技〕普zōu jì）：戰國時代齊國人，初被田齊桓公起用為重臣，實行改革，自此齊國崛起；後被齊威王任為相國，更封於下邳（粵pei⁴〔皮〕普pī）（今江蘇省邳縣），號成侯。諷：下屬通過打比方等方式委婉地向上司提出意見和建議。齊王：即齊

威王田因齊，田齊桓公之子。在能臣鄒忌、田忌的輔助下，一度稱王中原。納諫（粵 gaan³〔澗〕普 jiàn）：接受諫言。

② 脩：通「修」，長，這裏指身高。尺：長度單位，戰國時的一尺約現代的二十三厘米，故可知鄒忌身高一百八十四厘米以上。

③ 形貌：形體和相貌。昳（粵 jat⁶〔日〕普 yì）麗：光鮮亮麗的樣子。

④ 朝（粵 ziu¹〔焦〕普 zhāo）：早上。服：這裏作動詞用，穿戴。衣冠（粵 gun¹〔官〕普 guān）：衣服和帽子。窺：看。

⑤ 謂：告訴。

⑥ 我孰與城北徐公美：我和城北的徐公相比誰更俊美？孰（粵 suk⁶〔淑〕普 shú）：誰。城：指當時齊國首都臨淄（粵 zi¹〔支〕普 zī）（今山東省淄博市）。徐公：姓徐的男子，或徐先生。

⑦ 君美甚，徐公何能及君也：你更俊美，徐公哪裏比得上你呢？君：古代妻子對丈夫的稱呼。何能：怎能。及：趕得上，比得上。也：語氣助詞，表示感歎、讚賞的語氣。

⑧ 不自信：自己不相信。

⑨ 復：再，又。妾：男子的側室，正妻以外的配偶。

⑩ 吾孰與徐公美：我和徐公相比，誰較為俊美？

⑪ 旦日：第二天。

⑫ 與坐談：「與之坐談」的省略，意思是：鄒忌與客人坐下交談。

⑬ 不若：不如，比不上。

⑭ 孰：這裏通「熟」，仔細。

⑮ 弗如遠甚：「遠甚弗如」的倒裝句，遠遠不如（徐公俊美）。

⑯ 美：稱美、讚美。私：偏愛。

⑰ 畏：害怕。

⑱ 入朝：上朝，臣子朝見君主議事。威王：即齊威王。

⑲ 誠：確實。

⑳ 皆以美於徐公：都認為我比徐公美。以：認為。於：比，過。

㉑ 宮婦：宮中的姬妾。左右：近臣。莫不：沒有（一個）不，以雙重否定加強肯定的語氣。

㉒ 王之蔽甚矣：大王您被蒙蔽得很嚴重啊！蔽：蒙蔽。甚：很，表示程度很深。

㉓ 善：説得好。

㉔ 吏：官吏。面刺：當面指責。寡人：古代國君自稱的謙詞。過：過失，不足。上賞：上等的獎賞。

㉕ 謗（粵 pong³〔屁放切〕普 bàng）譏於市朝：在公共場合議論（齊王的過失）。謗譏：指責，議論。謗：公開指責別人的過錯。譏：諷刺。市朝：市集和朝廷，這裏指市集，即公眾場所。

㉖ 聞：傳達。

㉗ 門庭若市：朝堂之上像市集一樣（熱鬧），形容進諫的人極多。

㉘ 時時而間（粵 gaan³〔澗〕普 jiàn）進：偶爾有人進諫。時時：有時，時而。間：偶然。

㉙ 期（粵 gei¹〔基〕普 jī）年：滿一年。

㉚ 雖：即使。欲：想。言：諫言。

㉛ 無可進者：沒有可以進諫、規勸的內容了。

㉜ 燕、趙、韓、魏：戰國時期的諸侯國，與齊國接鄰。

㉝ 皆朝於齊：都到齊國朝見，表示尊重齊國。

㉞ 戰勝於朝廷：在朝廷上戰勝（別國）。意指只要內政修明，無需用兵，就能戰勝敵國。

【解讀】

《鄒忌諷齊王納諫》是一篇大臣勸諫君王廣開言路的文章。

全文主要分為兩個部分。前半部分講述鄒忌與徐公比美的事：通過一連串的對答，鄒忌醒覺到，妻子、妾侍、客人都稱讚自己比徐公俊美，是因為妻子偏愛自己、妾侍害怕自己、客人有求於自己。文章隨即進入後半部分：鄒忌藉「與徐公比美」一事，勸諫齊王要廣開言路，聽取臣民的意見和建議，才能真正內政修明，使國

家強大起來。

　　文章通過鄒忌和妻、妾、客的對話，刻劃出鄒忌有自知之明的性格特點，並通過他與齊王的對話，展示出鄒忌思維縝密、善於勸諫、治國有方的賢臣形象。此外，文章也通過描寫齊王聽取勸諫之後的表現，表現出齊王善於納諫、積極改進，塑造出從善如流的明君形象。全文運用對答的形式，配以相對整齊的排比結構，將道理層層推進，明白曉暢。

【文化知識】

一鳴驚人

　　齊威王登位之初，依仗齊國國力強盛，一天到晚飲酒作樂，把國家大事統統拋諸腦後。

　　朝中有位叫淳于髡（粵 seon⁴ jyu⁴ kwan¹〔純余昆〕普 chún yú kūn）的大臣，他長得很矮小，可是足智多謀、能說善道，為人非常風趣。有一次，他裝作很認真的樣子，跟齊威王說：「大王，您是一個非常聰明而且有見識的人，我有一件事情不明白，想要請教您。」

　　齊威王一下子來了興趣，連忙問道：「到底是甚麼事呢？」淳于髡回答說：「我國有一隻大鳥，棲息在大王的宮廷裏，已經有好幾年了，但是牠不飛也不叫，不知道是為甚麼呢？」

　　齊威王明白淳于髡所說的「大鳥」就是在指他自己，於是挺直身子，笑着說：「這個我知道。那大鳥不是不飛，如果一飛，就可以衝上雲霄。那大鳥也不是不鳴，如果一鳴，就可以驚醒天下人。」不久，齊威王果然整頓朝政，然後出兵還擊侵犯齊國的敵人。各國對於齊國的來勢洶洶，都大為震驚，紛紛將侵佔的土地還給齊國。從此，齊國的國力更加強盛了。

　　成語「一鳴驚人」就是源於這個故事，事見《史記·滑稽列傳·淳于髡傳》。

【練習】

(參考答案見第 161 頁)

❶ 妻、妾、客都異口同聲地稱讚鄒忌比徐公俊美,鄒忌最後總結出甚麼理由來?

❷ 承上題,鄒忌怎樣以上述理由,規勸齊威王要廣開言路?

❸ 齊威王決心廣開言路,為敢於進言的臣民,設立了三等獎賞。請以自己的文字填寫下表。

獎賞等級	得獎條件
A)上賞	能_____齊威王的_____
B)_____	能上書規勸齊威王
C)_____	在_____議論齊威王的過錯,並_____到他的耳中。

❹ 指出下列畫有底線的粗體多義字的詞性和意思。

A)君**美**甚,徐公何能及君也 _____詞;_____

B)吾妻之**美**我者 _____詞;_____

C)**朝**服衣冠 _____詞;_____

D)皆**朝**於齊 _____詞;_____

E)我**孰**與城北徐公美 _____詞;_____

F)徐公來,**孰**視之 _____詞;_____

❺ 根據文章內容,齊威王和鄒忌是怎樣的人?

學記（節錄）

《禮記》

【引言】

　　近年教育部門所提倡的口號，從「教學」到「學與教」，甚至是「主動學習」，其實生活在兩千年前的我國先賢，早已有先見之明，這些寶貴的想法和經驗，一直流傳後世，絕對值得我們一再咀嚼。教學相長、教與學的互動性，到今天仍然是十分有意義的研究題目。

學記①（節錄）

《禮記》

　　雖有嘉肴②，弗食③，不知其旨也④；雖有至道⑤，弗學，不知其善也⑥。是故學然後知不足⑦，教然後知困⑧。知不

足，然後能自反也⑨；知困，然後能自強也⑩。故曰：教學相長也⑪。《兌命》曰⑫：「學學半⑬。」其此之謂乎⑭！

【典籍簡介】

《禮記》是「儒家十三經」之一，主要記述先秦時期的各種禮儀制度，也有一部分內容是記錄孔子與弟子的答問，與《周禮》和《儀禮》合稱為「三禮」。

西漢學者戴德將劉向所收集的《禮記》一百三十篇綜合簡化，共得八十五篇，稱為《大戴禮記》，後來其姪戴聖又將《大戴禮記》簡化刪除，得四十六篇，再加上《月令》、《明堂位》和《樂記》，一共四十九篇，稱為《小戴禮記》。《大戴禮記》至隋、唐時期已散佚大半，僅留傳三十九篇，而《小戴禮記》則成為今日通行的《禮記》版本。

《禮記》共收錄《禮運》、《學記》、《大學》、《中庸》等四十九篇文章，涉及政治、哲學、道德、文藝、曆法等多方面內容，是研究中國古代社會的重要典籍，對後世影響深遠。

【注釋】

① 《學記》：《禮記》中的第十八篇，相對有系統和全面地總結和概括了先秦時代中原地區的教、學經驗，是中國最早的一篇專門論述教育和教學問題的論著。

② 嘉肴（粵ngaau⁴〔俄巢切〕普yáo）：一作「佳餚」，美味的菜品。嘉：

通「佳」，上好。肴：通「餚」，魚、肉等菜式。

③ 弗（粵 fat¹〔忽〕普 fú）：不。

④ 旨：美味。

⑤ 至道：最好的道理。至：極，最。

⑥ 善：好處。

⑦ 是故：所以。知不足：（學生）知道自己學識不足夠。

⑧ 知困：（老師）知道自己學識不通達。

⑨ 自反：（學生）反省。

⑩ 自強：（老師）進修。

⑪ 教學相長：教和學相互促進。長（粵 zoeng²〔掌〕普 zhǎng）：促進。

⑫ 《兌（粵 jyut⁶〔月〕普 yuè）命》：即《說命》，儒家十三經之一《尚書》中的一篇。兌：疑為「悦」之誤寫。命：《尚書》中的一種文體。

⑬ 學（粵 gaau³〔教〕普 xiào）學（粵 hok⁶〔鶴〕普 xué）半：教與學各佔一半。句中第一個「學」字一作「斅」，指教導。

⑭ 其此之謂乎：大概就是這個意思吧！其：表推測，指大概。之：是。謂：道理、意思。乎：語氣助詞，表示推測。

【解讀】

本文通過類比的手法，講解了教與學的關係，並提出「教學相長」的觀點，提倡實踐對理解道理的重要作用。

文章一開始把美食與真理作類比：弗食而不知旨，弗學而不知善，說明了「實踐」（食、學）在學習過程中的重要性。由此，文章提出：只有通過學習，學生才能知道自己的不足，然後再想辦法改善；只有通過教導別人，老師才能知道自己還有哪些地方不懂，然後再想辦法進修。文章由此得出「教、學相長」的結論，告訴我們教與學是相互促進的。文章論證清晰，說理透徹，言語簡明，富有教育意義。

【文化知識】

三禮

「三禮」就是指《周禮》、《儀禮》和《禮記》。如前文所述，《禮記》分為兩個版本，分別由戴德（大戴）和戴聖（小戴）叔姪輯錄而成；《周禮》又名《周官》，是三禮之首，記載了周朝及春秋戰國時期各諸侯國的官制及制度，但同時又以儒家思維增刪內容；至於《儀禮》，又稱為《禮經》或《士禮》，是先秦五經之一，大致成書於春秋時代後期，有說是孔子編訂的，以作為禮節教學的實踐環節。

【練習】

（參考答案見第 162 頁）

❶ 根據文章內容，進食和學習兩者有甚麼相似的地方？

❷ 分析下列句子運用了哪種論證方法，並簡單寫出當中的好處。

A）雖有嘉肴，弗食，不知其旨也；雖有至道，弗學，不知其善也。

_____；_____

B）《兌命》曰：「學學半。」

_____；_____

❸ 為甚麼文章提倡「教學相長」？

❹ 承上題，你認同這個理論嗎？為甚麼？試簡單說明之。

出師表

〔三國·蜀〕諸葛亮

【引言】

千古以來，諸葛亮為人所樂道的，除了機智，還有他的忠誠。天下間有才能的人很多，但不是很多人能像諸葛亮一樣，終其一生，甘心盡忠事主。鞠躬盡瘁，死而後已⋯⋯

出師表①

〔三國·蜀〕諸葛亮

臣亮言：先帝創業未半，而中道崩殂②，今天下三分，益州疲弊③，此誠危急存亡之秋也④。然侍衛之臣不懈於內⑤，忠志之士忘身於外者⑥，蓋追先帝之殊遇⑦，

欲報之於陛下也⑧。誠宜開張聖聽⑨，以光先帝遺德⑩，恢弘志士之氣⑪，不宜妄自菲薄⑫，引喻失義⑬，以塞忠諫之路也⑭。

宮中府中，俱為一體⑮，陟罰臧否⑯，不宜異同⑰。若有作奸犯科及為忠善者⑱，宜付有司⑲，論其刑賞，以昭陛下平明之理⑳，不宜偏私，使內外異法也㉑。

侍中、侍郎㉒郭攸之、費禕、董允等㉓，此皆良實，志慮忠純㉔，是以先帝簡拔以遺陛下㉕。愚以為宮中之事㉖，事無大小，悉以諮之㉗，然後施行，必能裨補闕漏㉘，有所廣益㉙。

將軍向寵㉚，性行淑均㉛，曉暢軍事㉜，試用於昔日，先帝稱之曰能㉝，是以眾議舉寵為督㉞。愚以為營中之事，事無大小，悉以諮之，必能使行陣和睦㉟，優劣得所㊱。

親賢臣，遠小人，此先漢所以興隆也㊲；親小人，遠賢臣，此後漢所以傾頹

也[38]。先帝在時，每與臣論此事，未嘗不歎息痛恨於桓、靈也[39]。侍中、尚書、長史、參軍[40]，此悉貞良死節之臣[41]，願陛下親之信之，則漢室之隆，可計日而待也[42]。

臣本布衣[43]，躬耕於南陽[44]，苟全性命於亂世[45]，不求聞達於諸侯[46]。先帝不以臣卑鄙[47]，猥自枉屈[48]，三顧臣於草廬之中[49]，諮臣以當世之事，由是感激，遂許先帝以驅馳[50]。後值傾覆[51]，受任於敗軍之際，奉命於危難之間，爾來二十有一年矣[52]。

先帝知臣謹慎，故臨崩寄臣以大事也。受命以來，夙夜憂歎[53]，恐託付不效[54]，以傷先帝之明[55]，故五月渡瀘[56]，深入不毛[57]。今南方已定，兵甲已足，當獎率三軍[58]，北定中原，庶竭駑鈍[59]，攘除奸凶[60]，興復漢室，還於舊都[61]。此臣所以報先帝而忠陛下之職分也[62]。至於斟酌損益[63]，進盡

忠言^⑥，則攸之、禕、允之任也^⑥。

　　願陛下託臣以討賊興復之效^⑥，不效^⑥，則治臣之罪，以告先帝之靈。若無興德之言^⑥，則責攸之、禕、允等之慢，以彰其咎^⑥。陛下亦宜自謀^⑦，以諮諏善道^⑦，察納雅言^⑦，深追先帝遺詔^⑦。臣不勝受恩感激^⑦。

　　今當遠離，臨表涕零^⑦，不知所云^⑦。

【作者簡介】

　　諸葛亮（公元一八一至二三四年），字孔明，號臥龍，琅琊（粵 long⁴ je⁴〔郎爺〕普 láng yá）陽都（今山東省沂南縣）人，三國時期蜀國丞相，著名政治家、軍事家。諸葛亮生於亂世，後受劉備三顧茅廬邀請出仕，輔佐劉備建立蜀國，劉備死後輔佐後主劉禪（粵 sin⁶〔善〕普 shàn），南平叛亂，北伐曹魏，在第五次北伐時病逝於五丈原，追謚（粵 si³〔肆〕普 shì；通「諡」，古代帝王或大官死後評給的稱號）為「忠武侯」，後世尊稱為「武侯」、「諸葛武侯」。諸葛亮一生「鞠躬盡瘁、死而後已」，是中國傳統文化裏忠臣與智者之代表。

【注釋】

① 《出師表》：蜀漢建興五年（公元二二七年），諸葛亮準備率軍北進，征伐魏國，於是出師前給劉禪上表，闡述北伐的必要，以及對後主寄予的期望。表：古代臣子向君王上書陳情言事的一種文體。

② 先帝：指劉備。創業未半：收復中原、統一山河的大業還沒有完成一半。中道：中途。崩殂（粵 cou⁴〔曹〕 普 cú）：死亡。崩：古代帝王離世叫做「崩」。殂：通「徂」：死亡。

③ 天下三分：指曹魏、蜀漢和孫吳三國鼎立的局面。益州：西漢時設置的行政區域，在今四川省一帶，這裏指代蜀國。疲弊：人力疲憊（粵 baai⁶〔敗〕 普 bèi），物資匱乏。弊：缺乏。

④ 誠：果真。秋：時期。

⑤ 然侍衞之臣不懈（粵 haai⁶〔械〕 普 xiè）於內：然而，負責侍奉和護衞（後主）的臣子，在宮中毫不鬆懈懶惰。然：然而。侍：侍奉。衞：護衞。懈：鬆懈，懈怠。於：在。內：指皇宮中。

⑥ 忠志之士忘身於外：忠心的將（粵 zoeng³〔獎〕 普 jiàng）士，在戰場上捨身忘死。忠志：忠心。士：將士。外：指戰場。

⑦ 蓋：原來，實在是。追：追念。殊遇：優待，厚待。

⑧ 報：報答。陛下：指後主劉禪。

⑨ 誠：實在，的確。宜：應當。開張聖聽：廣泛聽取臣下意見。開張：擴大。聖聽：聖明的見聞。

⑩ 光：光大、發揚。遺德：遺留下來的美德。

⑪ 恢弘：提升、擴大。志士：有理想的人。氣：士氣。

⑫ 妄自菲薄：過於看輕自己。妄：胡亂、任意。菲薄（粵 fei² bok⁶〔匪雹〕 普 fěi bó）：看輕，小看。

⑬ 引喻失義：説不恰當的話。

⑭ 塞（粵 sak¹〔三德切〕 普 sè）：阻塞。

⑮ 宮中府中，俱為一體：皇宮和朝廷，都是屬於國家的。宮：皇宮。府：朝廷。俱：都。

⑯ 陟（粵 zik¹〔職〕普 zhì）罰臧（粵 zong¹〔裝〕普 zāng）否（粵 pei²〔鄙〕普 pǐ）：升降官職，賞罰功過。陟：升遷。臧：表揚。否：貶斥。

⑰ 不宜異同：不應（因為在宮中或府中而）有所不同。

⑱ 作奸犯科：為非作歹，觸犯法律。科：法律。及：以及。為忠善者：盡忠為善的人。

⑲ 付：交給，送往。有司：指專門管理有關事情的部門。司：機關，部門。

⑳ 論：評定。昭（粵 ciu¹〔超〕普 zhāo）：彰顯，顯現。平：公平。明：嚴明。理：管理，治理。

㉑ 內外異法：皇宮和朝廷的賞刑之法有所不同。

㉒ 侍中：侍於君王左右，與聞朝政，為皇帝親信重臣。侍郎：尚書屬官，滿一年稱尚書郎，三年稱侍郎。

㉓ 郭攸（粵 jau⁴〔由〕普 yōu）之：字演長，任蜀漢黃門侍郎，後遷侍中。費禕（粵 bei³ji¹〔祕依〕普 fèi yī）字文偉，官至大將軍，死後謚號「敬侯」。董允：字休昭，在世時，宦官黃皓畏懼董允而不敢作歹。

㉔ 良實：善良誠實。志慮忠純：志向和心思都忠誠無二。

㉕ 是以：因此。簡拔：挑選提拔。簡：選拔。遺（粵 wai⁶〔惠〕普 yí）：留給。

㉖ 愚：我，諸葛亮自謙的稱呼。

㉗ 悉：都。諮：詢問。之：人稱代詞，指郭攸之、費禕、董允等人。

㉘ 裨（粵 bei¹〔悲〕普 bì）補闕（粵 kyut³〔缺〕普 quē）漏：彌補疏漏之處。裨：填補、彌補。闕：通「缺」，過失。

㉙ 有所廣益：有所啟發和幫助；廣益：增益。益，好處。

㉚ 向寵：蜀漢將領。夷陵之戰時，向寵跟隨劉備伐吳，後蜀軍潰敗，唯有向寵一營是保存得最完整的，受到劉備稱讚。蜀漢延熙三年（公元二四零年），向寵在征討漢嘉郡的南蠻叛亂時，不幸兵敗遇害。

㉛ 性行（粵 hang⁶〔杏〕普 xíng）淑均：性格善良，品行端正。淑：善良。均：平正。

㉜ 曉暢：精通。

㉝ 稱之曰能：稱讚他（向寵），説（他）有才能。

㉞ 舉：推舉。督：武職，向寵曾為「中部督」（宮中禁衞軍統帥）。

㉟ 行（粵 hong⁴〔杭〕普 háng）陣和睦：軍隊和睦。行陣：行伍、軍陣，代指軍隊。

㊱ 優劣得所：才能高的和才能低的（將士），都能處於適當的崗位。得所：各得適當的處置。

㊲ 親：親近。遠（粵 jyun⁶〔願〕普 yuàn）：疏遠、避開。先漢：西漢。所以：何以。

㊳ 後漢：東漢。傾頹：傾覆、頹敗。

㊴ 桓、靈：指東漢的桓帝和靈帝，他們寵信宦官，讓宦官把持朝政，殺害朝中正直之士，因而加速了東漢的衰敗。

㊵ 侍中、尚書、長（粵 zoeng²〔掌〕普 zhǎng）史、參軍：都是古代的官職名。

㊶ 貞良死節：忠貞優秀，以死報國。

㊷ 隆：興隆。計日而待：要等待的日子可以計算，意指等待的時間不用很久。

㊸ 布衣：平民。

㊹ 躬耕：親自耕種。躬：親自。南陽：當時的南陽郡，在今河南南陽和湖北襄陽市一帶。

㊺ 苟全性命於亂世：在亂世之中姑且保全性命。苟：苟且，姑且。

㊻ 聞達：顯達揚名。諸侯：這裏指當時爭奪天下的羣雄。

㊼ 以：認為。卑鄙：地位低下。

㊽ 猥（粵 wai²〔委〕普 wěi）自枉屈：委屈自己，降低身份。猥：鄙陋、微賤，這裏指劉備降低自己的身份。枉：屈尊以相訪，指劉備降低自己的身份，探訪諸葛亮。屈：屈就。

㊾ 顧：拜訪。草廬：指諸葛亮隱居時所住的地方。

㊿ 遂：於是。許：答應、應許。驅馳：奔走效勞。

(51) 值：遇到。傾覆：兵敗。指劉備與曹操戰於長阪坡，劉備兵敗。

(52) 爾來：（自那時）以來。有：通「又」。自公元二零七年，諸葛亮

答應輔助劉備開始，直至公元二二七年出師前上表給劉禪，前後共二十一年。

(53) 夙（粵 suk¹〔叔〕普 sù）夜：日夜。

(54) 恐託付不效：擔心託付的大任無法完成。

(55) 傷：損害。明：明察。

(56) 渡：跨越。瀘（粵 lou⁴〔勞〕普 lú）：瀘水，即今日之金沙江。

(57) 深入不毛：深入不毛之地，這裏指諸葛亮在建興三年（公元二二五年）平定南蠻叛亂的事。不毛：不長草木，代指荒蕪之地。

(58) 獎率：獎賞率領。

(59) 庶（粵 syu³〔恕〕普 shù）竭駑（粵 nou⁴〔奴〕普 nú）鈍：希望竭盡自己平庸的才能。庶：但願，表示希望。竭：竭盡所能。駑：劣馬。鈍：刀刃不鋒利。這句是諸葛亮自謙的話，表明自己願意竭盡所能，完成先帝遺命。

(60) 攘（粵 joeng⁴〔羊〕普 rǎng）除：剷除。奸凶：這裏指曹魏政權。

(61) 還：返回，回歸。舊都：這裏指東漢首都洛陽。

(62) 職分：職責本分。

(63) 斟酌（粵 zam¹ zoek³〔針爵〕普 zhēn zhuó）：考慮事情是否恰當。損：除去。益：興辦、增加。這裏指有分寸地做事。

(64) 進盡忠言：盡力進諫。

(65) 任：職責，責任。

(66) 願陛下託臣以討賊興復之效：希望陛下把討伐曹魏、興復漢室的使命交託給我。效：使命。

(67) 不效：沒有成果。效：這裏指成果。

(68) 興德之言：發揚聖德的諫言。

(69) 慢：怠慢。彰：揭露。咎（粵 gau³〔救〕普 jiù）：過失。

(70) 自謀：自行謀劃，指要有自己的想法。

(71) 諮諏（粵 zau¹〔周〕普 zōu）善道：詢問（治國的）良策。諏：商議、商量。

(72) 察納雅言：明察並採納正直的言論。雅：正確。

⑦ 追：追念。遺詔：死前留下的詔命。

⑦ 不勝（粵 sing¹〔星〕普 shèng）：不盡，不禁。

⑦ 遠離：指諸葛亮出兵北伐。臨表涕零：對着這篇表文落淚。臨：面對。涕：眼淚。零：落下。

⑦ 云：説話。

【解讀】

這篇表文是諸葛亮出師北伐曹魏之前寫給後主劉禪的。

全文主要交代了兩部分內容：第一部分是諸葛亮叮囑劉禪如何處理內政和軍務：廣開言路（開張聖聽）、賞罰一致（陟罰臧否，不宜異同），亦為劉禪選定了可以請教和信任的大臣（郭攸之、費禕、董允、向寵），並請後主親之信之，以免重蹈後漢傾頹的覆轍。這個部分語言懇切平易，分析到位。

第二部分是諸葛亮回憶自己的生平，並表明自己對漢室的忠誠。此外，諸葛亮還講到自己立志北伐的決心（庶竭駑鈍，攘除奸凶，興復漢室，還於舊都），言語真誠熱烈、鏗鏘有力，表現出自己對先帝遺命的遵從，和北伐曹魏的信心。文章最後以「臨表涕零，不知所云」結尾，不同於前文條分縷析、客觀嚴謹的文風，展現出諸葛亮臨行前複雜的內心情緒。

《出師表》既表現出諸葛亮對蜀漢、先帝和當朝君主的忠誠，又能以理服人，分析透徹，語言平易，文風樸實，感情深摯。蘇軾這樣評價《出師表》：「簡而盡，直而不肆。」陸游曾有詩句云：「出師一表真名世，千載誰堪伯仲間？」（《書憤》（其一））後世對諸葛亮和《出師表》如此欽佩和讚美，足見本文對後世的深遠影響。

【文化知識】

後出師表

《出師表》共有兩篇，後世稱之為《前出師表》和《後出師表》，本篇所收的就是《前出師表》。至於《後出師表》則作於蜀漢建興六年（公元二二八年），即寫完《前出師表》的第二年。不過，後世對《後出師表》的真偽有所質疑。

與《前出師表》不同，《後出師表》不收錄於《三國志》，卻見於東晉習鑿（粵 zok⁶〔自樂切〕普 záo）齒的《漢晉春秋》。南朝裴（粵 pui⁴〔陪〕普 péi）松之為《三國志》作注釋的時候，說《後出師表》沒有收錄在《諸葛亮文集》中，反而注明「出張儼（粵 jim⁵〔染〕普 yǎn）《默記》」，這顯然不合常理。

而且，《後出師表》的內容與正史亦有出入，例如「自臣到漢中，中間期年耳，然喪趙雲……」，與《三國志》記載趙雲死於建興七年（公元二二九年，即寫完《後出師表》的第二年）不合。另外《後出師表》中所抒發的語氣非常沮喪：「然不伐賊，王業亦亡。惟坐而待亡，孰與伐之？」這與《前出師表》積極的文辭截然不同，似是出自他人手筆。另外，諸葛亮此時獨攬大權，基本上沒有人質疑或阻止北伐，而《後出師表》卻提到「議者所謂非計」，不符合蜀漢當時的情況。

雖然如此，《後出師表》的文學水平亦不亞於《前出師表》，因此也有經常被引用的名句，例如「漢賊不兩立，王業不偏安」、「鞠躬盡瘁，死而後已」等。

❶ 文中「內外異法」所指的是甚麼？諸葛亮請求後主怎樣做？

❷ 諸葛亮用甚麼方法請求劉禪對自己推薦的賢臣「親之信之」？

❸ 根據文章內容，下列哪一項有關諸葛亮和劉備關係的描述是錯誤的？
　○ A. 諸葛亮非常感謝劉備的知遇之恩。
　○ B. 劉備不聽諸葛亮反對傳位給劉禪。
　○ C. 劉備紆尊降貴，多次探訪諸葛亮。
　○ D. 劉備臨死前把大事交託給諸葛亮。

❹ 諸葛亮説「先帝知臣謹慎，故臨崩寄臣以大事也」，當中「大事」
　指的是甚麼？

❺ 綜觀全文，你認為諸葛亮寫這篇表文時，心情是怎樣的？

明　朱瞻基　武侯高臥圖卷

桃花源記

〔東晉〕陶淵明

【引言】

　　陶淵明除了以其田園詩著稱外，這篇《桃花源記》也是傳頌千古的名作。作者筆下的桃花源美地，令人嚮往的不單是自然景色，更是和平友善的社會環境，這些正正反映出理想與現實的落差。或許正因如此，這篇千古名作流傳至今，依然為人所愛。

桃花源記[①]

〔東晉〕陶淵明

　　晉太元中[②]，武陵人捕魚為業[③]。緣溪行[④]，忘路之遠近。忽逢桃花林[⑤]，夾岸數百步[⑥]，中無雜樹[⑦]，芳草鮮美[⑧]，落

英繽紛⑨。漁人甚異之⑩。

復前行⑪，欲窮其林⑫。林盡水源⑬，便得一山⑭，山有小口，髣髴若有光⑮。便舍船⑯，從口入。初極狹⑰，才通人⑱。復行數十步，豁然開朗⑲。土地平曠⑳，屋舍儼然㉑，有良田、美池、桑竹之屬㉒。阡陌交通㉓，雞犬相聞㉔。其中往來種作㉕，男女衣着㉖，悉如外人㉗。黃髮垂髫㉘，並怡然自樂㉙。

見漁人，乃大驚，問所從來。具答之㉚。便要還家㉛，設酒、殺雞、作食㉜。村中聞有此人，咸來問訊㉝。自云先世避秦時亂，率妻子邑人來此絕境㉞，不復出焉㉟，遂與外人間隔㊱。問今是何世，乃不知有漢，無論魏、晉㊲。此人一一為具言所聞㊳，皆歎惋㊴。餘人各復延至其家㊵，皆出酒食㊶。停數日，辭去。此中人語云㊷：「不足為外人道也㊸。」

既出，得其船，便扶向路㊹，處處志

之⑤。及郡下⑥，詣太守⑦，說如此⑧。太守即遣人隨其往，尋向所志⑨，遂迷⑤，不復得路。

南陽劉子驥⑤，高尚士也，聞之，欣然規往⑤。未果，尋病終⑤。後遂無問津者⑤。

【作者簡介】

詳見上冊《飲酒》（其五）。

【注釋】

① 《桃花源記》：選自《陶淵明集》，本篇寫於南朝宋武帝永初二年（公元四二一年），是陶淵明《桃花源詩》的序文。

② 太元：東晉孝武帝年號（公元三七六至三九六年），共二十一年。

③ 武陵：晉時郡名，在今湖南省常德市。為業：作為工作。為：作為。

④ 緣：沿着。

⑤ 忽逢：忽然遇見。逢：遇見。

⑥ 夾（粵gaap³〔甲〕普jiā）岸：指溪流兩岸。數百：幾百。

⑦ 中：途中。雜：別的。

⑧ 鮮美：鮮豔美麗。

⑨ 落英：落花。繽紛：繁多而紛亂的樣子。

⑩ 異之：對此（沿路景象）感到奇怪。異：對事物感到奇怪。之，代詞，指代見到的景象。

⑪ 復：又，再。

⑫ 欲：想要。窮：盡。這裏用作動詞，意指走到盡頭。

⑬ 林盡水源：林盡於水源，指桃林在溪流的水源處就沒有了。盡：完結，沒有。

⑭ 便：於是。得：看到。

⑮ 髣髴（粵 fong² fat¹〔訪忽〕普 fǎng fèi）：隱隱約約，形容看得不真切。若：好像。

⑯ 舍（粵 se²〔寫〕普 shě）：通「捨」，捨棄，丟下。

⑰ 初極狹：(山口) 起始的地方非常狹窄。初：開始，起初。極：十分。

⑱ 才通人：僅僅容納一人通過。才：僅僅。人：一人。

⑲ 豁（粵 kut³〔括〕普 huò）然開朗：形容（由狹窄幽暗）忽然變得寬闊明亮的樣子。豁然，開闊敞亮的樣子。開朗，開闊明亮。

⑳ 曠：寬廣。

㉑ 儼（粵 jim⁵〔染〕普 yǎn）然：整齊的樣子。

㉒ 之：這。屬：類。

㉓ 阡陌（粵 cin¹ mak⁶〔千麥〕普 qiān mò）交通：田間小路交錯相通。阡陌：田間小路。

㉔ 雞犬相聞：(村落間) 可以互相聽見雞啼和狗吠。相聞：互相聽得見。

㉕ 其中：田間。往來：指村民來來往往。種（粵 zong³〔縱〕普 zhòng）作：耕作。

㉖ 衣着（粵 zoek³〔爵〕普 zhuó）：穿着打扮。

㉗ 悉如外人：都像桃花源以外的世人。悉：全，都。外人：外邊的人。

㉘ 黃髮垂髫（粵 tiu⁴〔條〕普 tiáo）：老人和小孩。黃髮：指老人，人老後頭髮會由白變黃，故稱。垂髫：指小孩子。髫：小童額前垂下的頭髮。

㉙ 並：全都。怡然：愉悅自在的樣子。自樂：自得其樂。

㉚ 問所從來：村民問漁夫從哪裏來。從來：從某個地方來。具（粵 keoi¹〔驅〕普 jù）：通「俱」，全部。

㉛ 便：於是。要（粵 jiu¹〔腰〕普 yāo）：同「邀」，邀請。還：回去。這裏指村民邀請漁夫回家。

㉜ 作食：做飯、煮食。

㉝ 咸：都。問訊：打探消息。

㉞ 率妻子邑（粵 jap¹〔泣〕普 yì）人來此絕境：帶領妻子、孩子和同鄉的人來到這個與世隔絕的地方。率：帶領。妻子：妻子和孩子。邑人：同鄉的人。絕境：與世隔絕的地方。

㉟ 不復出焉：不再出去。復：再次。焉：語氣助詞，表示肯定。

㊱ 間隔：隔絕。

㊲ 乃不知有漢，無論魏、晉：竟然不知道有漢朝，更不要說魏、晉兩代了。乃：竟然。無論：更不用說。

㊳ 此人：指漁夫。為（粵 wai⁴〔圍〕普 wéi）：對、向。具言：詳細地講述。所聞：所知道的。這句的意思是：漁夫向村民一一細說了自己所知道的事情。

㊴ 皆：這裏指所有村民。歎惋：感歎，惋惜。

㊵ 餘人：其餘的村民。延：邀請。

㊶ 出：提供。

㊷ 此中人：這裏的人，指村民。語（粵 jyu⁶〔預〕普 yù）：告訴。

㊸ 不足為外人道也：不值得向外面的人提及（我們）。足：值得。為：向。道：說，提起。

㊹ 便扶向路：於是沿着先前的路。扶：沿着。向：先前的。

㊺ 志：通「誌」，做標記。之：回程的路，也就是前往桃花源的路。

㊻ 及：到了。郡下：郡太守（粵 sau³〔瘦〕普 shǒu）的所在地。

㊼ 詣（粵 ngai⁶〔藝〕普 yì）：拜見上級。

㊽ 如此：這樣，那樣，指漁夫在桃花源的見聞。

㊾ 尋向所志：尋找先前所做的標記。

50 遂：最終。

51 劉子驥（粵 kei³〔冀〕普 jì）：魏晉名士。南陽：今河南省南陽市。

52 欣然：高興地。規：計劃。

53 尋：不久。終：死亡。

54 後：此後。問津：探尋渡口，泛指訪求。

【解讀】

　　《桃花源記》是陶淵明的代表作之一，描寫了一個與世隔絕、無限美好而令人嚮往的烏托邦式世界，亦正因為這篇文章，「桃花源」、「世外桃源」成為後人理想社會的代名詞。

　　文章藉着漁夫的奇遇，帶領讀者逐步進入「桃花源」。在前往桃源的過程中，作者以優美的筆法，描寫出溪流兩岸「中無雜樹，芳草鮮美，落英繽紛」的景色。走進桃源之後，作者一方面寫桃花源自然景色的優美，另一方面通過描寫桃花源中人的生活景況，和為漁夫「設酒、殺雞、作食」的友善態度，展現出桃花源中人與外人之間的和諧關係，突出桃花源中人的淳樸善良的品質。

　　離開桃花源之後，漁夫在沿路處處做標記，卻無論是誰，最終也無法再尋得桃花源。這一方面說明了桃花源十分美好，令人留戀；另一方面回應了桃花源的與世隔絕，增添了神秘感。

　　作者通過漁夫的遭遇，描繪了一個理想的世界，表達出自己對美好生活的嚮往；而這種嚮往的背後，卻傳達出作者對當時政治腐敗、社會動亂、人民困苦的批判。全文用詞優美，層層推進，如詩如畫，令人沉醉。

【文化知識】

桃花源的真實位置

　　雖然不少人知道「桃花源」只是陶淵明所寄託的烏托邦，可是歷來不少史學家都竭力查找桃花源是否真有其地，如果屬實，它又位於甚麼地方。

　　第一個説法是位於貴州。唐代杜佑在《通典·卷一百八十三》中説：「秦昭王置黔中郡（今貴州省境內）。漢高更名武陵郡，後漢、魏至晉皆因之。」杜佑接着引述晉代潘京的話。潘京説：「（武陵郡）本名義陵郡……與夷相接，數為所攻，光武時移東出，共議易號。《傳》曰『止戈為武』，《詩》稱高平曰陵。」杜佑因此作出「《武陵記》桃花源，即此地也」的結論。

　　第二個説法是位於河南省的弘農。近人陳寅恪（粵 jan⁴ kok³〔人確〕普 yín kè）在《桃花源記旁證》中博引《水經注》、《元和郡縣志》等地理著作，認為桃花源記有紀實成分。他説：「桃花源之紀實之部分，乃依據（晉安帝）義熙十四年劉裕率師入（潼）關時，戴延之等所聞見之材料而作成。」他作總結時，推論出「真實之桃源在弘農山谷中，而不在南方之武陵」，桃花源中的人「先世所避之秦乃嬴秦而非苻秦（後秦）」，所以文中才會寫有「乃不知有漢，無論魏晉」之句。

【練習】
（參考答案見第 163 頁）

❶ 試簡單描述桃花源裏的景色。

❷ 桃花源中的村民，是怎樣對待漁夫的？從中可以看到村民怎樣的性格？

❸ 找出下列畫有底線的粗體通假字的原字，填在括號內。
   A）緣溪行　　　　（　　　）
   B）具答之　　　　（　　　）
   C）便要還家　　　（　　　）
   D）處處志之　　　（　　　）

❹ 作者在篇末加插南陽劉子驥尋找桃花源未果的故事，目的何在？

與謝中書書

〔南朝・梁〕陶弘景

【引言】

　　這是陶弘景回覆友人的書信，分享所見美景，內容簡短清新，就好像在遠方旅行給朋友寄出的明信片一樣。不知道你上次寫信給朋友是多久之前的事呢？新科技的發展，讓我們連電子郵件也很少發給朋友，手寫的信件更是彌足珍貴了。不過，當收到朋友從遠方寄來的書信和明信片時，那份喜悦卻是不能名狀、不能取代的。

與謝中書書①

〔南朝・梁〕陶弘景

　　山川之美②，古來共談③。高峯入雲，清流見底。兩岸石壁，五色交輝④。青林翠竹，四時俱備⑤。曉霧將歇⑥，猿

鳥亂鳴；夕日欲頹⑦，沉鱗競躍⑧，實是欲界之仙都⑨，自康樂以來⑩，未復有能與其奇者⑪。

【作者簡介】

陶弘景（公元四五六至五三六年），字通明，丹陽秣（粵mut³〔抹〕普mò）陵（今江蘇省南京市）人，南朝著名醫藥家、文學家。陶弘景本隱居山中，梁武帝想請他入朝做官，他不接受，但每當朝廷有大事的時候，梁武帝總會派人去請教他，所以人們稱他為「山中宰相」。陶弘景還著有《本草經集注》、《養性延命錄》、增補葛洪的《肘後方》等醫學著作。

【注釋】

① 《與謝中書書》：一作《答謝中書書》。謝中書：即謝徵，為作者的朋友。中書，官職名稱，負責傳宣詔令。

② 山川：山河。

③ 共談：共同談論。

④ 五色交輝：五彩斑斕，形容兩岸石壁色彩絢麗。

⑤ 四時：四季。俱備：都有。

⑥ 歇（粵hit³〔去跌切〕普xiē）：停止，這裏指早晨的霧將要散去。

⑦ 欲：將要。頹：墜落、跌下。這裏指太陽落山。

⑧ 沉鱗競躍：水下的游魚爭相跳躍出水面。鱗：這裏代指魚。

⑨ 欲界：佛教術語，指人間。仙都：神仙聚集的地方。

⑩ 康樂：康樂公，指著名山水詩人謝靈運。

⑪ 復：再。與（粵jyu⁶〔預〕普yù）：參與，這裏指欣賞。奇：這裏指山水的雄奇秀麗。

【解讀】

這是陶弘景回覆好朋友謝中書的一封簡短書信。全文字數不多，卻層次清晰，以讚歎山水之「美」開頭，接着具體描寫山水之「美」在何處 —— 高山和流水的動靜相配；石壁和青竹五彩斑斕；曉霧和夕陽的日夜奇景；猿鳥和游魚動感情景……從不同角度，立體地描繪出大自然的山川之美。

最後，作者更以懷念著名山水詩人謝靈運作結，隱約傳達出作者對自己能夠欣賞山水之美的自豪，也透露了作者對山水的喜愛。

全文行文流暢，用詞樸素，句式整齊，只需寥寥數語，即勾勒出一幅令人心曠神怡的江南山水畫卷，讓人浮想聯翩。

【文化知識】

康樂公

「康樂公」是南朝宋代詩人謝靈運的封號。

謝靈運（公元三八五至四三三年），祖籍陳郡陽夏（今河南省太康縣），主要成就在其山水詩。

謝靈運的仕途屢有沉浮，遂寄情山水，打破東晉玄言詩獨霸詩壇的局面。即便如此，他有不少詩作，依然表現出玄言詩中獨有的沒落頹廢的感情，和樂天安命的思想。

不過謝靈運的最大成就還是山水詩。謝靈運以歌詠大自然景物、山水風景稱著，開創「山水派」的詩歌創作道路。其詩歌極貌

寫物，窮力追新，刻劃入微，客觀寫實，講究字句，雕琢工麗，鋪陳典故，注重詩之形式美，因此名句多，然通篇佳者少。自謝靈運始，山水詩乃成中國文學的一大流派，影響後世深遠，特別是唐代的田園詩派。

【練習】

（參考答案見第 164 頁）

❶ 本文描寫了哪些景物？試把這些景物加以歸類。

A)＿＿＿＿＿＿＿＿＿＿＿＿＿＿＿＿＿＿＿＿＿＿＿＿＿＿

B)＿＿＿＿＿＿＿＿＿＿＿＿＿＿＿＿＿＿＿＿＿＿＿＿＿＿

C)＿＿＿＿＿＿＿＿＿＿＿＿＿＿＿＿＿＿＿＿＿＿＿＿＿＿

D)＿＿＿＿＿＿＿＿＿＿＿＿＿＿＿＿＿＿＿＿＿＿＿＿＿＿

❷ 試語譯以下句子。

A) 山川之美，古來共談。

B) 自康樂以來，未復有能與其奇者。

＿＿＿＿＿＿＿＿＿＿＿＿＿＿＿＿＿＿＿＿＿＿＿＿＿＿

❸ 承上題，這兩句在文中有着甚麼作用？

❹ 除了「視覺描寫」外，本文還運用了哪些感官描寫手法？試引文說明之。

❺ 你覺得作者最後為甚麼要提及謝靈運呢？

三峽

〔北朝‧北魏〕酈道元

【引言】

　　三峽，沿岸的好風光絕對是上天恩賜的禮物，而兩岸的人文風情，自然生態，更是值得好好認識和保育的財富。可是三峽水利工程，對民生、環境、生態的影響，作為中國人的我們，也是不能忽視的。

三峽①

〔北朝‧北魏〕酈道元

　　自三峽七百里中②，兩岸連山，略無闕處③。重巖疊嶂④，隱天蔽日，自非亭午夜分⑤，不見曦月⑥。

至於夏水襄陵⑦，沿溯阻絕⑧。或王命急宣⑨，有時朝發白帝⑩，暮到江陵⑪，其間千二百里，雖乘奔御風⑫，不以疾也⑬。

春冬之時，則素湍綠潭⑭，回清倒影⑮。絕巘多生怪柏，懸泉瀑布⑯，飛漱其間⑰，清榮峻茂⑱，良多趣味⑲。

每至晴初霜旦⑳，林寒澗肅㉑，常有高猿長嘯㉒。屬引淒異㉓，空谷傳響，哀轉久絕㉔。故漁者歌曰：「巴東三峽巫峽長㉕，猿鳴三聲淚沾裳。」

【作者簡介】

酈（粵 lik⁶〔力〕普 lì）道元（公元四六六至五二七年，一說生於公元四七二年），字善長，范陽郡涿縣（今河北省涿縣）人，北朝北魏地理學家。酈道元曾任東荊州刺史，因得罪權貴，被免去官職。其後因率軍彭城平亂，因功升遷為御史中尉。他彈劾過汝南王元悅，元悅懷恨在心，於是叫朝廷派酈道元前往雍（粵 jung³〔印送切〕普 yōng）州（今陝西省、甘肅省、青海省一帶），平息刺史蕭寶夤（粵 jan⁴〔人〕普 yín）的叛亂，可惜酈道元入關時卻被蕭寶夤殺害。

酈道元十多歲時，就遊覽青洲江河，因而喜愛大自然。《水經注》是酈道元的代表作，這是一部關於當時全國水道的地理著作，

也是對古籍《水經》的注釋。全書包含了大量歷史地理資訊和歷史傳說、神話故事等，不僅是一部綜合性地理著作，還是一部文筆絢爛、寫景精彩的作品，文學價值甚高。

【注釋】

① 《三峽》：本文節錄自《水經注‧卷三十四‧江水》，題目是後人所加的。三峽：從西至東，由瞿（粵 keoi⁴〔渠〕普 qú）塘峽（在今重慶市）、巫峽（在今重慶市及湖北省之間）和西陵峽（在今湖北省）組成，位於長江上游重慶市奉節縣到湖北省宜昌市之間。

② 自：在。

③ 連山：山嶺連綿不絕。略：大致、幾乎。闕（粵 kyut³〔缺〕普 quē）：中斷。這句話的意思是：兩岸羣山連綿不絕，幾乎沒有中斷。

④ 重巖疊嶂：層層相疊的懸崖和山峯。巖（粵 ngaam⁴〔癌〕普 yán）：懸崖。嶂（粵 zoeng³〔障〕普 zhàng）：像屏障一樣的山峯。

⑤ 自非：如果不是。亭午：正午。夜分：半夜。

⑥ 曦（粵 hei¹〔希〕普 xī）月：日月。由於正午的太陽和午夜的月亮位於天空最高處，因此其餘時間都會被羣山遮擋，這裏是説三峽的重巖疊嶂極高。

⑦ 至於：到了。夏水襄陵：夏天的江水暴漲到山陵。襄（粵 soeng¹〔傷〕普 xiāng）：上，這裏指江水暴漲。陵：大土山。

⑧ 沿溯阻絕：順流而下或逆流而上（的船隻）都會受阻。沿：順流而下。溯（粵 sou³〔素〕普 sù）：逆流而上。阻絕：阻斷。

⑨ 或：也許，如果。王命急宣：皇帝命令要緊急傳達。

⑩ 朝（粵 ziu¹〔焦〕普 zhāo）：早上。發白帝：「發於白帝」的省略句，意思是：從白帝城出發。白帝：指白帝城，在今重慶市奉節縣，前臨瞿塘峽。

⑪ 暮（粵 mou⁶〔霧〕普 mù）：傍晚。江陵：今湖北省江陵縣。

⑫ 雖：即使。奔：飛奔的快馬。御風：駕着風。

⑬ 以：比得上。疾：快。這句的意思是：（即使騎馬、御風，）也比不上（沿江乘船的）快。

⑭ 素湍（粵 teon¹〔天春切〕普 tuān）綠潭：白色的激流，綠色的潭水。素：白色。湍：急流，激流。潭：深水的地方。

⑮ 回清倒影：（江水）回旋着清波，潭水反映出（山石林木的）倒影。

⑯ 絕巘（粵 jin⁵〔以免切〕普 yǎn）：極高的山峯。巘：山峯。懸泉：瀑布。

⑰ 飛漱（粵 sau³〔秀〕普 shù）：急速地飛瀉下來。其間：（從）柏樹之間。

⑱ 清榮峻茂：水清澈，樹榮茂，山高峻，草茂盛。

⑲ 良：很。

⑳ 晴初：秋雨後剛放晴之時。霜旦：下霜的早晨。旦：日出之時。

㉑ 林寒澗肅：樹林清涼，山澗寂靜。

㉒ 高猿：處在高處的猿猴。長嘯（粵 siu³〔笑〕普 xiào）：拉長聲音地叫。

㉓ 屬（粵 zuk¹〔祝〕普 zhǔ）引淒異：鳴叫連續不斷，聲音淒涼怪異。屬引：連接，連續。

㉔ 哀轉（粵 zyun²〔紙卷切〕普 zhuǎn）久絕：悲哀婉轉，很久才斷絕。

㉕ 巴東：古代郡縣名稱，今屬重慶市東部。

【解讀】

　　本文是一篇對《水經》中記載三峽文字所作注釋的文章。作者通過描寫三峽的山水以及四季的不同景色，描繪出一幅宏偉秀麗的三峽圖景。文章開頭先寫三峽羣山之多（「略無闕處」）、之高（「遮天蔽日」）、之險（「重巖疊嶂」），塑造三峽宏偉奇險的形象。接着寫三峽的水，四季各不相同，夏天水流湍急，冬春水色澄清，秋天水聲寂靜，突出三峽秀美的特徵。最後更介紹三峽兩岸的哀怨猿嘯聲，並援引當地漁歌，加以證明，從聲音的角度，立體地描寫三峽

的奇險、俊秀、幽怨。

　　全文句式整齊，描寫細緻，用精美的文字，將雄奇秀麗的三峽展現在讀者眼前，讓讀者彷彿身臨其境。此外，作者通過深入的觀察、仔細的描摹，也表達出自身對美好山水的熱愛。

【文化知識】

《水經》與《水經注》

　　酈道元的《水經注》是在《水經》的基礎上，加上客觀注釋和主觀情懷而撰寫的書籍。

　　至於《水經》，則是我國首部記述水系的專著。它簡要地記述了當時全國一百三十七條主要河流的情況。原文僅一萬多字，記載相當簡略，而且缺乏系統，對水道的來龍去脈及流經地區的地理情況，記載得不夠詳細、具體。因此，酈道元在《水經》的基礎上加以擴充，不但為原文補上注釋，更增補更多不同河流的資料。《水經注》所記載的河流水道共一千二百五十二條，共四十卷，達三十萬餘字，是《水經》的二十餘倍。

❶ 作者在第一段介紹了三峽羣山哪三方面的特色？試以自己的文字簡單說明。

❷ 作者介紹了三峽在春夏秋冬四季的哪些景觀？請摘錄原文文字，填寫下表。

季節	三峽景觀
A）夏天	
B）春冬之時	
C）秋天	

❸ 文中「清榮峻茂」分別指三峽中的哪些景物？

❹ 作者認為三峽的山水趣味良多，你認同嗎？為甚麼？試簡單說明之。

雜説（四）

〔唐〕韓愈

【引言】

　　我們現在常以千里馬比喻人才，以伯樂比喻發掘人才之人，韓愈這篇文章卻讓我們重新思考伯樂與千里馬的關係：究竟是千里馬重要？還是伯樂更重要？

雜説（四）①

〔唐〕韓愈

　　世有伯樂②，然後有千里馬③。千里馬常有，而伯樂不常有。故雖有名馬④，只辱於奴隸人之手⑤，駢死於槽櫪之間⑥，不以千里稱也⑦。

馬之千里者，一食或盡粟一石⑧。食馬者不知其能千里而食也⑨。是馬也⑩，雖有千里之能，食不飽，力不足，才美不外見⑪，且欲與常馬等不可得⑫，安求其能千里也⑬？

策之不以其道⑭，食之不能盡其材⑮，鳴之而不能通其意⑯，執策而臨之⑰，曰：「天下無馬！」嗚呼⑱！其真無馬邪⑲？其真不知馬也！

【作者簡介】

韓愈（公元七六八至八二四年），字退之，河陽（今河南省孟州市）人，祖籍河北昌黎（今河北省秦皇島市），世稱韓昌黎，唐代散文家、詩人。

韓愈二十五歲中進士，仕途幾經起落，曾任吏部侍郎，世稱「韓吏部」，謚號「文」，又稱韓文公。蘇軾對他有「文起八代之衰，道濟天下之溺」的評價，後人把他與柳宗元、歐陽修、王安石、蘇洵、蘇軾、蘇轍、曾鞏合稱為「唐宋八大家」，並尊他為首。韓愈是中唐時期「古文運動」的宣導者，他主張「文以載道」，也就是說文章只是為內容服務；同時提倡「破駢為散」，反對六朝以來的駢文文風，主張恢復三代兩漢自然質樸的文體；他亦強調「詞必己出」，不

會隨意抄襲前人文辭。韓愈的文章言之有物，說理透徹，在當時文壇有重要的地位，他的文學主張也對後代文壇產生了很大的影響。

【注釋】

① 《雜說》：在韓愈傳世的文章中，共有四篇題為「雜說」的文章，這裏是第四篇，也是最著名的一篇。

② 伯樂：即孫陽，字伯樂，春秋時人，擅長鑒別馬的優劣。伯樂原本是星宿的名稱，傳說是在天上管理天馬的神仙。

③ 千里馬：善跑的駿馬，可以日行千里。

④ 雖：即使。

⑤ 只辱於奴隸人之手：只能在馬夫的手裏受屈辱。奴隸人：古代也指僕役，這裏指餵馬或管馬的人。辱：受屈辱，這裏指埋沒才能。

⑥ 駢（粵 pin⁴〔乎年切〕普 pián）死於槽櫪（粵 cou⁴ lik¹〔嘈礫〕普 cáo lì）之間：（和普通的馬）一同死在馬廄（粵 gau³〔夠〕普 jiù）裏。駢：兩馬並駕。駢死：同死。槽、櫪：均為餵牲口用的食器，引申為馬廄。

⑦ 不以千里稱也：不因日行千里而著名，指千里馬的才能已被埋沒，不能再冠以「千里」之名。

⑧ 一食或盡粟（粵 suk¹〔叔〕普 sù）一石（粵 daam³〔對鑒切〕普 dàn）：一頓有時要吃一石糧食。一食：一頓。或：有時。盡：全，這裏指吃光。粟：本指小米，也泛指糧食。石：古代容量單位，詳見下文「文化知識」。

⑨ 食（粵 zi⁶〔字〕普 sì）馬者：餵馬的人。食：通「飼」，餵養。這句的意思是指：餵馬者不知道那是千里馬，因此以普通馬糧食的分量來餵牠。

⑩ 是：指示代詞，這。

⑪ 才美不外見（粵 jin⁶〔彥〕普 xiàn）：才能和長處無法體現出來。才：才能。美：泛指美好的事物。外見：表現在外面。見：通「現」，表現，顯現。

⑫ 且欲與常馬等不可得：想和平常的馬一樣尚且辦不到。且：尚且。常：普通，平常。等：等同，一樣。得：能，表示客觀條件允許。

⑬ 安：疑問代詞，怎能，表示反問的語氣。求：要求。

⑭ 策之：驅使它。策：馬鞭，引申為鞭打，這裏指鞭策，駕馭。之：代詞，指千里馬。以其道：按照（驅使千里馬的）正確方法。這句的意思是：不按照正確方法驅使千里馬。

⑮ 盡其材：竭盡牠（千里馬）的才能。這裏指餵飽千里馬，使牠日行千里的才能得以充分發揮。

⑯ 鳴：馬嘶。通其意：通曉牠的意思。

⑰ 執：拿。策：馬鞭。臨：面對。

⑱ 嗚呼：語氣詞，表示歎息。

⑲ 其：表示語氣的強調。邪：通「耶」，表示疑問的語氣助詞，相當於「嗎」。

【解讀】

　　這是一篇借物喻人的文章。唐德宗貞元十一年（公元七九五年）韓愈二十八歲時，三次上書宰相，希望得到提拔晉用，結果得不到答覆，唯有失望回老家，同時寫了這篇文章，以示感慨。

　　作者以千里馬比喻人才，以伯樂比喻發掘人才的人，可是伯樂不常有。不少千里馬只能任由不懂相馬的餵馬人糟蹋，吃也吃不飽，跑也跑不動，且不說能日行千里，就連普通馬也比不上，終其一生，最後也只能與普通馬死於馬廄。

　　作者想藉此說明，人才要被發現並不易，也表達了作者對統治

者忽視和糟蹋人才，感到不滿和擔憂，同時寄託了作者自身懷才不遇的苦悶心情。文章感慨千里馬常有而伯樂不常有，突出了選拔和發現人才的重要性，由衷地渴望出現識人之能的賢君。

【文化知識】

古代中國的容量單位

　　韓愈在文中說：「馬之千里者，一食或盡粟一石。」究竟一石糧食有多少？

　　我國古代通常以容積來稱量糧食，十合為一升，十升為一斗，十斗為一石，五斗為一斛（粵 huk⁶〔酷〕普 hú），十斛為一鍾（亦有說「六斛四斗為一鍾」）。「升」、「斗」、「石」是日常使用的容量單位，古代一升的容量即是今天的二百毫升。按照這個標準，千里馬一餐要吃的小米，大約是二十公升。

　　要注意的是，容量單位的名稱、每種單位的實際重量及各單位之間的換算方法，在春秋戰國時期，各國的標準本已不同，即使秦始皇統一了度量衡，以後歷代也都有變動，這裏說到的幾種容量單位，都是明清時期的定制。

【練習】
（參考答案見第 165 頁）

❶ 為甚麼千里馬最終「不以千里稱」？

❷ 根據文章內容，一般食馬者是怎樣餵飼千里馬的？千里馬最後變成怎樣？

❸ 分辨下列句子所運用的修辭手法，把答案填在括號內。

　　A）安求其能千里也？　（　　　）

　　B）策之不以其道，食之不能盡其材，鳴之而不能通其意。

　　（　　　）

　　C）其真無馬邪？其真不知馬也！　（　　　）

❹ 承上題，在論說文中，上述三種修辭手法有何好處？

　　A）_____

　　B）_____

　　C）_____

❺ 本文以千里馬為喻，想說明甚麼論點？請列出原文句子，並加以說明。

清　郎世寧　八駿圖軸

陋室銘

〔唐〕劉禹錫

【引言】

　　香港寸金尺土，大部分人的居住環境都欠理想。可是大家有沒有想像過：你的理想居所是怎樣的？假如某天為勢所逼，要蝸居於劏房陋室，你會怎樣面對？或許讀過劉禹錫的《陋室銘》，你會對人們營營役役的物質生活和對自己的理想，有多一種想法。

陋室銘①

〔唐〕劉禹錫

　　山不在高②，有仙則名③。水不在深，有龍則靈④。斯是陋室⑤，惟吾德馨⑥。苔痕上階綠，草色入簾青⑦。談笑有鴻儒⑧，往來無白丁⑨。可以調素琴⑩，閱金經⑪。

無絲竹之亂耳⑫，無案牘之勞形⑬。南陽諸葛廬，西蜀子雲亭⑭。孔子云⑮：「何陋之有⑯？」

【作者簡介】

詳見上冊《酬樂天揚州初逢席上見贈》。

【注釋】

① 陋室：簡陋的屋子。銘（粵 ming⁴〔明〕普 míng）：本指古代刻在器物上，用來警戒自己或稱述功德的文字，後來就成為一種文體。這種文體韻、散參半，多用駢句，句式整齊，讀起來琅琅上口。

② 在：在於。

③ 則：就會。名：出名，著名。

④ 靈：這裏作動詞用，有靈氣。

⑤ 斯是陋室：這是一間簡陋的屋子。斯：這。陋室：簡陋的屋子，這裏指作者自己的居所。

⑥ 惟吾德馨：幸而我（室主人）的品德高尚（就不覺得簡陋了）。惟：只。吾：我，即是陋室主人自稱。德馨：德行馨香。馨：香氣，這裏指品德高尚。

⑦ 苔痕上階綠，草色入簾青：苔蘚的痕跡蔓延到台階，蒼翠碧綠；青草的顏色投映入竹簾，一片青蔥。

⑧ 鴻儒：這裏指博學的人。鴻：大。儒：儒生，指讀書人。

⑨ 往來：結交。白丁：百姓，這裏指沒有甚麼學問的人。

⑩ 調（粵 tiu⁴〔條〕 普 tiáo）素琴：彈奏不加裝飾的琴。調：調弄，這裏指彈奏。素：不加裝飾。

⑪ 金經：這裏指佛經。金：泥金，即混合金粉或金屬粉而製成的塗料。

⑫ 絲竹：指琴瑟、簫管等樂器，這裏指奏樂的聲音。絲：弦樂器；竹：管樂器。之：助詞，用於強調或補足語氣，無實義。亂耳：擾亂雙耳。

⑬ 案牘（粵 duk⁶〔獨〕 普 dú）：（官府的）公文，文書。勞形：使身體勞累。勞：勞累。形：形體、身體。

⑭ 南陽諸葛廬，西蜀子雲亭：南陽有諸葛亮的草廬，西蜀有揚子雲的亭子。南陽：今河南省南陽市。諸葛亮出山前，曾在南陽臥龍崗隱居。子雲：即西漢文學家揚雄，他是蜀郡成都人，故說「西蜀」。這兩句是說，諸葛亮和揚雄住的地方都很簡陋，可是因為居住的人很有名，所以受到後人景仰。

⑮ 云：說。

⑯ 何陋之有：有甚麼簡陋的呢？這句出自《論語·子罕·第九》：「君子居之，何陋之有？」作者在這裏沒有引用前半句「君子居之」，是有意不說自己是君子，以體現他謙虛的品格。

【解讀】

這是一篇託物言志的傳世佳作。作者通過描寫一間恬靜雅緻的「陋室」，來展現自己高潔隱逸的情操，以及不流於世俗的志趣。全文短小優美，運用類比、對比、比喻、白描、借代、用典等多種藝術手法，韻律感極強，琅琅上口，又不乏清新的實際內容。

這篇文章作於作者被貶謫的時期，是作者經歷人情冷暖後的感悟，作者面對冷遇，仍保持初心，毫無怨言，更以豁達的人生態度，坦然面對自己的境遇，體現了作者的高潔品質和堅定信念。

【文化知識】

君子居之，何陋之有？

語出《論語·子罕·第九》。原文如下：

子欲居九夷。或曰：「陋，如之何？」子曰：「君子居之，何陋之有？」

孔子想搬到九夷（中國古代對東方少數民族的通稱）地方居住。有人説：「那裏非常落後，不開化，怎能住呢？」孔子説：「有君子去居住，又怎會落後？」在古代，中原地區的人歧視周邊文化落後、愚昧閉塞的少數民族，稱之為「夷」、「蠻」、「戎」、「狄」等。可是孔子不但沒有嫌棄，還覺得只要君子前往這些地方居住，傳播文化知識，開化人們的愚蒙，那麼這些夷狄之地就不會閉塞落後。這體現了孔子仁愛的精神。

【練習】

（參考答案見第 166 頁）

❶ 文首「山不在高，有仙則名。水不在深，有龍則靈」有何作用？

❷ 除了「仙」和「龍」，作者還以哪人物自比？這三人有何共同之處？

　　A）人物：＿＿＿＿＿＿、＿＿＿＿＿和＿＿＿＿＿

　　B）共同之處：＿＿＿＿＿＿＿＿＿＿＿＿＿＿＿

❸ 承上題，這種手法有甚麼好處？

❹ 有說「銘」是韻、散參半的文體。請根據表格提示，完成下表。

韻腳	A）
散句	B）

小石潭記

〔唐〕柳宗元

【引言】

　　對於寫景的文章，很多同學都覺得並不難寫，但分數往往不太高，為甚麼呢？或許以下的這幾篇遊記能給大家一些頭緒。即使面對同一景色，若帶着不同心境，所見、所感也會不同。高下之分，就是在於大家下筆時，能否把情感融入字裏行間。

小石潭記①

〔唐〕柳宗元

　　從小丘西行百二十步②，隔篁竹③，聞水聲，如鳴佩環，心樂之④。伐竹取道，下見小潭，水尤清冽⑤。全石以為底⑥，近

岸，卷石底以出⑦，為坻，為嶼，為嵁，為巖⑧。青樹翠蔓⑨，蒙絡搖綴⑩，參差披拂⑪。

潭中魚可百許頭⑫，皆若空遊無所依⑬。日光下澈，影布石上⑭，佁然不動⑮；俶爾遠逝⑯，往來翕忽⑰。似與遊者相樂。

潭西南而望，斗折蛇行，明滅可見⑱。其岸勢犬牙差互⑲，不可知其源。

坐潭上，四面竹樹環合，寂寥無人，凄神寒骨，悄愴幽邃⑳。以其境過清㉑，不可久居，乃記之而去。

同遊者：吳武陵，龔古，余弟宗玄㉒。隸而從者，崔氏二小生㉓：曰恕己，曰奉壹。

【作者簡介】

柳宗元（公元七七三至八一九年），字子厚，唐代河東郡（今山西省永濟市）人，「唐宋八大家」之一。因為他是河東人，人稱「柳河東」，又因曾任柳州（今廣西壯族自治區柳州市）刺史，又稱「柳柳州」。

與劉禹錫一樣，柳宗元因為參與了王叔文的改革運動而被貶斥至永州（今湖南省永州市）。永州的生活艱苦，半年後母親就因病去世。艱苦生活環境、水土不服、親人離世的打擊，加上仕途失意，令柳宗元的健康轉差。柳宗元在永州生活了十年，在這期間，柳宗元轉而在哲學、政治、歷史、文學等方面進行鑽研，並遊歷永州山水，寫下《永州八記》。

　　柳宗元與韓愈同為中唐古文運動的領導人物，並稱「韓柳」。柳宗元的山水遊記為後人所稱道，主要創作於被貶謫時期，以《永州八記》最為出色。他的文風清幽奇麗，淒清悄愴，擅於寓情於景，借景抒情。後人編有《柳河東集》。

【注釋】

① 《小石潭記》：或稱《至小丘西小石潭記》，是柳宗元《永州八記》中的第四篇。詳見下文「文化知識」。

② 小丘：指鈷鉧潭西面的小丘，在小石潭東面。見《永州八記》的第三篇《鈷鉧潭西小丘記》。

③ 篁（粵 wong⁴〔王〕普 huáng）竹：竹林。篁：竹的統稱。

④ 如鳴佩環：好像佩環互相碰撞所發出的聲音。鳴：發出的聲音。佩：佩戴在腰帶上的玉製裝飾品。環：以玉石雕琢成中央有孔的環形玉器。樂（粵 ngaau⁶〔餓鬧切〕普 yào）：喜歡。

⑤ 水尤清冽：水格外清涼。尤，格外。清，清澈。冽，涼快。

⑥ 全石以為底：（小石潭）以整塊石頭為底。

⑦ 近岸，卷石底以出：靠近岸邊，石頭從水底向上彎曲，露出水面。卷：彎曲、捲曲。以：連詞，相當於「而」，這裏指並且。

⑧ 為坻（粵 ci⁴〔遲〕普 chí），為嶼（粵 zeoi⁶〔罪〕普 yǔ），為嵁（粵 ham¹〔堪〕普 kān），為巖：（小石潭的底石）成為坻、嶼、嵁、巖各種不同形狀的地貌。坻：水中高地。嶼：小島。嵁：高低不平的岩石。巖：懸崖。

⑨ 翠蔓：碧綠的藤蔓。

⑩ 蒙絡搖綴（粵 zeoi³〔最〕普 zhuì）：（樹枝藤蔓）遮掩纏繞，搖動下垂。蒙：遮蔽。絡：纏繞。綴：點綴，裝飾，這裏指下垂。

⑪ 參差披拂（粵 fat¹〔忽〕普 fú）：參差不齊，隨風飄拂。

⑫ 可百許頭：大約有一百來條。可，大約。許，用在數詞後表示約數。

⑬ 皆若空遊無所依：（魚）都好像在空中游動，甚麼依靠都沒有。這體現了潭水的清澈。遊：通「游」，游泳。

⑭ 日光下澈，影布石上：陽光照到水底，（魚的）影子好像投影在（水底的）石頭上。

⑮ 怡（粵 ci³〔次〕普 yǐ）然不動：（魚）呆呆地一動不動。怡然，呆呆的樣子。

⑯ 俶（粵 cuk¹〔速〕普 chù）爾遠逝：忽然向遠處游去了。俶爾：忽然。

⑰ 往來翕忽：來來往往輕快敏捷。翕（粵 jap¹〔泣〕普 xī）忽：輕快敏捷的樣子。

⑱ 斗折蛇行，明滅可見：（溪水）像北斗七星的排列那樣曲折，像蛇爬行時那樣蜿蜒，時隱時現。明滅可見：時而看得見，時而看不見。

⑲ 犬牙差（粵 ci¹〔癡〕普 cī）互：（好像）狗的牙齒那樣參差不齊。差互：交相錯雜。

⑳ 淒神寒骨，悄愴（粵 cong³〔創〕普 chuàng）幽邃（粵 seoi⁶〔睡〕普 suì）：使人感到心情淒涼，筋骨寒冷，幽靜深遠，彌漫着憂傷的氣息。淒：感到淒涼。寒：感到寒冷。悄愴：憂傷，淒涼。邃：深。

㉑ 以其境過清：因為這裏環境太冷清了。以：因為。清：淒清，冷清。

㉒ 吳武陵：作者的朋友，同樣被貶到永州。龔古：作者的朋友。宗玄：柳宗玄，作者的堂弟。

㉓ 隸而從者：崔氏二小生：跟着我一同去的，有兩位姓崔的年輕人。隸而從：跟着同去。隸：隨從。崔氏指柳宗元的姐夫崔簡。二小生：兩個年輕人，指崔簡的兩個兒子。

【解讀】

這是柳宗元的代表作之一。作者筆觸清新靈巧，用「移步換形」的手法寫出了小石潭的聲音、地勢、景物、潭水和池中游魚的可愛，自然生動。

但作者對美景的欣賞卻帶有一種強顏歡笑的味道，全文所寫的景物都籠罩在「寂寥無人，淒神寒骨，悄愴幽邃」的氛圍中，表現出作者的落寞和鬱鬱寡歡的心情，因此「不可久居，乃記之而去」。這篇遊記寫於作者被貶謫時期，雖然是寫景的遊記，但也很明顯地體現出了作者當時低落的心緒。

【文化知識】

《永州八記》

《永州八記》是柳宗元被貶為永州司馬時，借遊山玩水而抒發胸中憂憤的遊記，由《始得西山宴遊記》、《鈷鉧潭記》、《鈷鉧潭西小丘記》、《至小丘西小石潭記》（或《小石潭記》）、《袁家渴記》、《石渠記》、《石澗記》和《小石城山記》八篇遊記組成，當中前四記作於唐憲宗元和四年（公元八零九年），後四記則是元和七年所作。

「鈷鉧潭」、「西小丘」、「小石潭」、「袁家渴」、「石渠」、「石澗」、「小石城山」等，都是西山一帶的景點，這些景點中的流水、游魚、奇木、怪石等大自然景物，在柳宗元筆下，被描寫得「清瑩秀澈，鏘鳴金石」（柳宗元《愚溪詩序》），難怪《永州八記》一出，就吸引了歷代文人雅士慕名而來，專程遊歷。

【練習】
（參考答案見第 166 頁）

❶ 文中第一段運用哪些感官，描寫小石潭的環境？試填寫以下表格。

感官	文中句子
A）（　　　）描寫	B）＿＿＿＿＿＿＿＿＿＿＿＿＿＿＿
觸覺描寫	C）＿＿＿＿＿＿＿＿＿＿＿＿＿＿＿
D）（　　　）描寫	全石以為底，近岸，卷石底以出，為坻，為嶼，為嵁，為巖。

❷ 作者從哪兩方面側面描寫潭水清澈？

A）＿＿＿＿＿＿＿＿＿＿＿＿＿＿＿＿＿＿＿＿＿＿＿＿＿

B）＿＿＿＿＿＿＿＿＿＿＿＿＿＿＿＿＿＿＿＿＿＿＿＿＿

❸ 作者怎樣形容小石潭四周的環境？為甚麼他沒有久留呢？

❹ 分析下列句子所用的修辭手法，把答案填在括號內。

A）聞水聲，如鳴佩環。　　　　　　　　（　　　）

B）為坻，為嶼，為嵁，為巖。　　　　　（　　　）

C）潭中魚可百許頭，皆若空遊無所依。　（　　　）

D）似與遊者相樂。　　　　　　　　　　（　　　）

❺ 作者寫魚兒「似與遊者相樂」。你覺得作者當時心情如何？為甚麼？試簡單說明之。

岳陽樓記

〔北宋〕范仲淹

【引言】

　　「先天下之憂而憂，後天下之樂而樂」是范仲淹的千古名句，對為官者來説，這固然是很好的提醒，可以作為他們的座右銘；可是對於高舉個人主義、我行我素的新一代來説……要學習培養這份憂國憂民、關心社會的情懷，其實更加重要。

岳陽樓記[①]

〔北宋〕范仲淹

　　慶曆四年春，滕子京謫守巴陵郡[②]。越明年[③]，政通人和[④]，百廢具興[⑤]。乃重修岳陽樓，增其舊制[⑥]，刻唐賢今人詩賦

於其上，屬予作文以記之⑦。

　　予觀夫巴陵勝狀⑧，在洞庭一湖。銜遠山，吞長江⑨，浩浩湯湯，橫無際涯⑩；朝暉夕陰，氣象萬千⑪。此則岳陽樓之大觀也⑫。前人之述備矣⑬。然則北通巫峽⑭，南極瀟湘⑮，遷客騷人，多會於此⑯，覽物之情，得無異乎⑰？

　　若夫霪雨霏霏⑱，連月不開⑲；陰風怒號⑳，濁浪排空㉑；日星隱曜㉒，山岳潛形㉓；商旅不行，檣傾楫摧㉔；薄暮冥冥㉕，虎嘯猿啼。登斯樓也㉖，則有去國懷鄉㉗，憂讒畏譏，滿目蕭然，感極而悲者矣㉘。

　　至若春和景明，波瀾不驚㉙，上下天光，一碧萬頃㉚；沙鷗翔集㉛，錦鱗游泳㉜，岸芷汀蘭，鬱鬱青青㉝。而或長煙一空，皓月千里㉞，浮光躍金㉟，靜影沉璧㊱；漁歌互答，此樂何極㊲！登斯樓也，則有心曠神怡，寵辱偕忘㊳，把酒臨風，其喜洋洋者矣㊴。

嗟夫[40]！予嘗求古仁人之心[41]，或異二者之為[42]，何哉？不以物喜，不以己悲[43]。居廟堂之高則憂其民[44]，處江湖之遠則憂其君[45]。是進亦憂，退亦憂。然則何時而樂耶？其必曰「先天下之憂而憂，後天下之樂而樂」乎[46]。噫！微斯人，吾誰與歸[47]？

　　時六年九月十五日[48]。

【作者簡介】

　　詳見上冊《漁家傲·秋思》。

【注釋】

① 《岳陽樓記》：宋仁宗慶曆六年（西元一零四六年），范仲淹應好友兼巴陵郡（郡治在今湖南省岳陽市）太守滕子京之請，為重修岳陽樓而寫下這篇文章。岳陽樓：前臨洞庭，北倚長江，為中國「四大名樓」之一（詳見後文「文化知識」）。岳陽樓始建於公元二二零年前後，前身為三國時期東吳大將魯肅的「閱軍樓」，西晉至南北朝時稱「巴陵城樓」，李白賦詩後，始稱「岳陽樓」。記：一種文體，可以寫景、敘事、議論，但目的多為抒發作者的情懷和抱負。

② 慶曆四年：公元一零四四年。慶曆：宋仁宗趙禎的年號（公元一零

四一至一零四八年）。滕子京謫（粵 zaak⁶〔擇〕普 zhé）守巴陵郡：滕
子京降職，任巴陵郡太守。滕子京：名宗諒，字子京，與范仲淹同
科進士，後與范仲淹結為好友，為官清廉，身無餘財。謫：官吏降
職。守（粵 sau³〔秀〕普 shǒu）：指做太守。

③ 越明年：到了第二年，也就是慶曆五年（公元一零四五年）。越：到
了。

④ 政通人和：政事順利，百姓和樂。政：政事。通：順利。和：和
樂。這是讚美滕子京的話。

⑤ 百廢具興：各種該辦而未辦的事，都興辦起來了。廢：該辦而未辦
的事。具（粵 keoi¹〔軀〕普 jù）：通「俱」，都。興：興辦，建立。

⑥ 增：加多，這裏指擴建。舊制：原有的建築規模。

⑦ 屬（粵 zuk¹〔祝〕普 zhǔ）：同「囑」，囑託。予（粵 jyu⁴〔餘〕普 yú）：
通「余」，我。作文：創作文章。記之：記下岳陽樓重修一事。

⑧ 夫：指示代詞，那。勝狀：勝景，美好的景色。

⑨ 銜（粵 haam⁴〔咸〕普 xián）：連接。吞長江：吞吐着長江水。

⑩ 浩浩湯（粵 soeng¹〔商〕普 shāng）湯，橫無際涯：（長江水）水勢浩大，
廣遠而無邊界。橫：廣遠，廣闊。際涯：陸地的邊緣為「際」，水的
邊緣為「涯」。

⑪ 朝（粵 ziu¹〔焦〕普 zhāo）暉夕陰，氣象萬千：早上晴朗，晚上陰暗，
景象變化無窮。暉：日光。氣象：景象。

⑫ 此：這。則：就是。大觀：雄偉壯麗的景象。

⑬ 前人之述備矣：前人的記述很詳盡了。前人之述：指上文「唐賢今
人詩賦」。備：詳盡，完備。

⑭ 然則：這裏解作「雖然這樣，可是……」。巫峽：長江三峽之一，
位於今重慶市及湖北省之間。

⑮ 南極瀟湘：南面直達瀟水、湘水。瀟水是湘水的支流，湘水流入洞
庭湖。極：盡，一直去到。

⑯ 遷客：被貶謫的人。騷人：詩人。戰國時屈原作《離騷》，因此詩人
也稱為「騷人」。會：會合。

⑰ 覽物之情，得無異乎：觀賞自然景物所觸發的感情，能沒有差異嗎？覽：看，觀賞。得無：能不，多在句末搭配語氣助詞「乎」，以表達反問的語氣。

⑱ 若夫：用在一段話的開頭引起論述的助詞，並無實義。霪（粵 jam⁴〔淫〕普 yín）雨：連綿不斷的雨。霏（粵 fei¹〔非〕普 fēi）霏：雨或雪繁密的樣子。

⑲ 開：消散。這裏指烏雲消散，也就是放晴。

⑳ 號（粵 hou⁴〔豪〕普 háo）：呼嘯。

㉑ 濁浪排空：污濁的波浪沖向天空。這裏指風高浪急。

㉒ 日星隱曜（粵 jiu⁶〔耀〕普 yào）：太陽和星星都隱藏起光輝。曜：光輝，光芒。

㉓ 山岳潛形：山岳隱沒了形體。岳：高大的山。潛：潛藏。

㉔ 商旅不行：商人和旅客都不能通行。檣（粵 coeng⁴〔翔〕普 qiáng）傾楫（粵 zip³〔接〕普 jí）摧：桅杆倒下，船槳折斷。檣：桅杆。傾：倒下。楫：槳。

㉕ 薄（粵 bok⁶〔雹〕普 bó）暮冥（粵 ming⁴〔明〕普 míng）冥：傍晚天色昏暗。薄：迫近。暮：晚上。冥冥：昏暗的樣子。

㉖ 斯：這，指岳陽樓。

㉗ 去國懷鄉：離開國都，懷念家鄉。去：離開。國：首都。去國：離開國都，即離開朝廷。

㉘ 憂讒（粵 caam⁴〔蠶〕普 chán）畏譏：擔心別人説壞話，懼怕別人批評指責。蕭然：蕭條冷落的樣子。感極：感慨到極點。

㉙ 至若：用於引起論述的詞，相當於「至於，到了」。春和景明：春天氣候暖和，陽光明媚的時候。景：陽光。波瀾不驚：風平浪靜。驚：這裏有「起」、「動」之意。

㉚ 上下天光：指天色與湖光相連接。一碧萬頃：指湖水和天空一片碧綠，無邊無際。

㉛ 沙鷗：沙洲上的鷗鳥。翔集：時而飛翔，時而停歇。集：鳥在樹上

停息。

㉜ 錦鱗：美麗的魚。鱗：魚鱗，代指魚。游：在水面浮行。泳：在水中潛行。

㉝ 岸芷汀（粵 ting¹〔天兵切〕普 tīng）蘭：岸上的香草與小洲上的蘭花。芷：一種香草。汀：水邊平地或水中小洲。鬱鬱青青：草木茂盛而青綠的樣子。

㉞ 而或：有時。長煙一空：大片煙霧完全消散。長：大片。一：完全，全部。皓月：明月。

㉟ 浮光躍金：波動的光閃耀着金色。這是描寫月光照耀下的水波。

㊱ 靜影沉璧：湖水平靜時，明月映入水中，好像沉下一塊璧玉。影：月亮倒影。璧：圓形的玉。

㊲ 何極：哪裏有盡頭。極：盡頭。

㊳ 寵辱偕（粵 gaai¹〔佳〕普 xié）忘：光榮和屈辱全都忘掉了。偕：通「皆」，一起，都。

㊴ 把酒臨風：拿着酒，迎着風。就是在清風吹拂中端起酒來喝。把：拿。臨：面對。洋洋：高興、快樂的樣子。

㊵ 嗟夫（粵 ze¹ fu⁴〔遮符〕普 jiē fú）：語氣詞，表示歎息、感慨。

㊶ 予嘗求古仁人之心：我曾經探求古時聖賢的心思。嘗：曾經。

㊷ 或異二者之為，何哉：或許和以上兩種感情有所不同，為甚麼呢？或：可能，也許。二者：指前兩段所説的「悲」與「喜」。為：感情，心理活動。何，為甚麼。哉，語氣助詞，表示疑問。

㊸ 不以物喜，不以己悲：不因為外物的好壞和自己的得失而或喜或悲。

㊹ 居廟堂之高則憂其民：在朝中做官就擔憂百姓。廟堂：指朝廷。下文的「進」，也指「居廟堂之高」。

㊺ 處江湖之遠則憂其君：處在僻遠的地方，遠離朝廷，就為君主擔憂。江湖：泛指古代隱士所住的地方。下文的「退」，也指「處江湖之遠」。

㊻ 其必曰：他們一定會説。其：指上文所説的「古仁人」。

㊼ 噫（粵 ji¹〔衣〕普 yī）：文言歎詞，表示感歎、悲痛。微斯人，吾誰
與歸：（如果）沒有這種人，我和誰一道共同進退呢？微：沒有。斯
人：這樣的人。吾誰與歸：就是「吾與誰歸」。
㊽ 時六年九月十五日：寫於慶曆六年九月十五日。

【解讀】

本文寫於慶曆六年，當時范仲淹因得罪了宰相呂夷簡，貶放鄧
州（今河南省鄧州市），還未回京，也不能到岳陽樓。原來滕子京邀
請范仲淹作記時，附上了一幅《洞庭晚秋圖》，好讓范仲淹不用親身
登臨岳陽樓，也能寫出這篇《岳陽樓記》。

本文先交代寫這篇文章的原因，接着略寫岳陽樓附近一帶的景
色，雖然「前人之述備矣」，可是依然有許多遷客騷人，聚於此樓，
因為他們在不同的時候，觀賞不同的景色，就能得出不同的心情。

接下來兩段，分別描寫了在「霪雨霏霏」和「春和景明」的日
子下，岳陽樓的不同風光，還有登樓者所抒發的情懷。前者「憂讒
畏譏，滿目蕭然，感極而悲者矣」，後者「寵辱偕忘，把酒臨風，其
喜洋洋者矣」。

後一段一反之前的論調，說不論是甚麼時候，看甚麼景色，都
要像「古仁人」一樣「不以物喜，不以己悲」，反而要為百姓和君主
而憂心，表達了作者的政治抱負；至於享樂，作者一句「先天下之
憂而憂，後天下之樂而樂」，更展現出廣闊的胸襟以及心懷天下的志
向，成為後世有志之士用來激勵和警醒自己的話。

文章將敘事、描寫、抒情、議論結合，層次分明，條理清楚，
又不失自然暢順。在語言表達上駢散結合，句子長短錯落，音節流
暢。行文跌宕（粵 dong⁶〔盪〕普 dàng）變化，感情充沛，氣勢浩瀚。

【文化知識】

中國四大名樓

　　古代大部分樓閣，起初都不是為了觀光用的，而是軍事設施或皇家建築。中國四大名樓——江西南昌的滕王閣、湖北武漢的黃鶴樓、湖南岳陽的岳陽樓、山西永濟的鸛雀樓，正是最佳例子。

　　滕王閣是唐高祖李淵的兒子李元嬰所建，因為他曾被封為滕王，所建的樓閣也就以此命名，後來因為王勃的《滕王閣序》而名聞天下；黃鶴樓始建於三國年間，最初是一座用於軍事目的的瞭望樓，唐代崔顥曾在這裏寫下著名的七律《黃鶴樓》（詳見前文《黃鶴樓》）；岳陽樓也建於三國時期，它的風光因北宋范仲淹的《岳陽樓記》而聞名於世；鸛雀樓則建於南北朝時代，北周為了防禦北齊進犯，因此在蒲州西門外建築了一座軍事瞭望台，因為經常有鸛鳥在上面棲息築巢，所以被稱為「鸛雀樓」。

　　這四座樓閣歷史悠久，經歷了無數戰亂、天災，不斷被毀又不斷重修，今天我們所看到的這四大名樓，都是經過現代人重修後的面貌。

【練習】

（參考答案見第 167 頁）

❶ 為甚麼作者會寫這篇《岳陽樓記》？

❷ 作者在第五段所寫的「不以物喜，不以己悲」，當中「物」和「己」指的是甚麼？試以第三、四段內容作簡單說明。

A）物：_____

B）己：_____

❸ 你認為「古仁人」與一般「遷客騷人」的最大分別是甚麼？

❹ 承上題，為甚麼作者說自己「嘗求古仁人之心」？

❺ 請語譯「先天下之憂而憂，後天下之樂而樂」。

明　安正文　岳陽樓圖

醉翁亭記

〔北宋〕歐陽修

【引言】

　　《醉翁亭記》是歐陽修被貶滁州時所寫的，雖然他仕途不順，但他仍然能以民生為先，做好地方官的職責，自得其樂，甚至享受與民同樂，這種豁達的心態實在很難得。

醉翁亭記①

〔北宋〕歐陽修

　　環滁皆山也②。其西南諸峯，林壑尤美③，望之蔚然而深秀者④，琅琊也⑤。山行六七里，漸聞水聲潺潺，而瀉出於兩峯之間者，釀泉也⑥。峯迴路轉，有亭翼

然臨於泉上者⑦，醉翁亭也。作亭者誰⑧？山之僧智仙也。名之者誰？太守自謂也⑨。太守與客來飲於此，飲少輒醉，而年又最高⑩，故自號曰醉翁也⑪。醉翁之意不在酒，在乎山水之間也⑫。山水之樂，得之心而寓之酒也⑬。

若夫日出而林霏開⑭，雲歸而巖穴暝⑮，晦明變化者⑯，山間之朝暮也。野芳發而幽香⑰，佳木秀而繁陰，風霜高潔，水落而石出者⑱，山間之四時也⑲。朝而往，暮而歸，四時之景不同，而樂亦無窮也。

至於負者歌於途，行者休於樹⑳，前者呼，後者應，傴僂提攜㉑，往來而不絕者，滁人遊也。臨溪而漁㉒，溪深而魚肥，釀泉為酒，泉香而酒冽㉓，山肴野蔌㉔，雜然而前陳者㉕，太守宴也。宴酣之樂㉖，非絲非竹㉗，射者中㉘，弈者勝㉙，觥籌交錯㉚，起坐而喧嘩者，眾賓歡也。蒼顏白髮㉛，頹然乎其間者㉜，太守醉也。

　　已而夕陽在山^㉝，人影散亂，太守歸而賓客從也。樹林陰翳^㉞，鳴聲上下^㉟，遊人去而禽鳥樂也。然而禽鳥知山林之樂，而不知人之樂；人知從太守遊而樂，而不知太守之樂其樂也^㊱。醉能同其樂，醒能述以文者^㊲，太守也。太守謂誰？廬陵歐陽修也^㊳。

【作者簡介】

　　歐陽修（公元一零零七至一零七二年），字永叔，號醉翁，晚號六一居士，吉州永豐（今江西省永豐縣）人，謚號文忠，世稱歐陽文忠公。北宋政治家、文學家、史學家。

　　歐陽修四歲喪父，隨母親鄭氏前往隨州（今湖北省隨州市），投靠叔父歐陽曄（粵jip⁶〔葉〕普yè），自此在隨州成長。因無錢買紙筆，母親曾用蘆葦桿在灰土上教他認字，因而有「畫荻教子」的故事。

　　歐陽修曾推動慶曆新政政治改革，文學上為「唐宋八大家」之一，領導北宋的古文運動，作品受推崇為古文典範。歐陽修是北宋文壇領袖，他的文章繼承了韓愈「文以載道」的思想，講究文道合一，重視形式與內容的融合和統一，詩歌創作上宣導自然平易的風格，開創了北宋詩壇的新風氣。

【注釋】

① 《醉翁亭記》：宋仁宗慶曆五年（公元一零四五年），范仲淹等人遭讒被貶，歐陽修上書替他們分辯，結果一同被貶到滁（粵 ceoi⁴〔除〕普 chú）州（今安徽省滁州市）做了兩年知州。到任以後，他內心抑鬱，但還能發揮「寬簡而不擾」的作風，取得了一定政績。《醉翁亭記》就是在這個時期寫的。

② 環滁：環繞着滁州城。

③ 壑（粵 kok³〔確〕普 hè）：山谷。尤：格外，特別。

④ 望之蔚然而深秀者：遠遠望去，樹木茂盛，又幽深又秀麗的。蔚然：草木茂盛的樣子。深秀：幽深俊麗。

⑤ 琅琊（粵 long⁴ je⁴〔郎爺〕普 láng yá）：山名，即琅琊山，位於滁州古城西南。

⑥ 釀泉：泉名。因水清可以釀酒，故名。

⑦ 峯迴路轉：山勢迴環，路也跟着拐彎。翼然：亭的四角翹起，像鳥張開翅膀一樣。臨：靠近。

⑧ 作：建造。者：的人。

⑨ 名：命名。之：指醉翁亭。太守：秦漢時代是一郡之長，到宋後就成為知州的別稱。自謂：自稱，用自己的別號來命名。

⑩ 輒（粵 zip³〔接〕普 zhé）：總是。年又最高：年紀又是最大的。

⑪ 自：自行。號：這裏作動詞用，指「取別號」。

⑫ 意：這裏指情趣。乎：相當於「於」。

⑬ 寓：寄託。

⑭ 若夫：用在一段話的開頭，引起論述的助詞，並無實義。林霏（粵 fei¹〔非〕普 fēi）：樹林中的霧氣。開：消散，散開。

⑮ 歸：聚合。巖穴：洞穴、山谷。暝（粵 ming⁴〔明〕普 míng）：昏暗。

⑯ 晦：陰暗。

⑰ 芳：香花。發：開花、綻放。幽香：清淡的香氣。佳木秀而繁陰：

　　好的樹木枝繁葉茂，形成一片濃密的綠蔭。佳：上好。秀：茂盛，
　　繁茂。繁陰：一片濃密的樹蔭。這兩句寫春、夏二季時的景色。

⑱ 風霜高潔：秋季天高氣爽，霜色潔白。水落石出：冬天溪水乾涸，
　　露出石頭來。這兩句寫秋、冬二季時的景色。

⑲ 四時：四季。

⑳ 至於：連詞，用於段落首句開始，表示前段過渡到下一段，以敍述
　　另一件事。負者：背着東西的人。歌於途：在路上歌唱。行者：趕
　　路的人。休於樹：在樹下休息。

㉑ 傴僂（粵 jyu² lau⁴〔瘀留〕普 yǔ lǚ）：腰彎背曲的樣子，這裏指老年人。
　　傴、僂：兩個字都指腰部彎曲。提攜：大人攙扶着走的小孩子，這
　　裏指小孩子。

㉒ 臨：靠近。漁：捕魚。

㉓ 冽（粵 lit⁶〔裂〕普 liè）：水（酒）清。

㉔ 山肴：野味。野蔌（粵 cuk¹〔促〕普 sù）：野菜。

㉕ 雜然：眾多而雜亂的樣子。前陳：擺放在眼前。

㉖ 酣：喝酒盡興。樂：音樂。

㉗ 非絲非竹：不在於琴弦管簫。絲：絃樂器。竹：管樂器。

㉘ 射：這裏指「投壺」，是宴飲時的一種遊戲，把箭向壺裏投，投中最
　　多者為勝，其餘輸家就要照規定的杯數喝酒。

㉙ 弈：下棋。

㉚ 觥（粵 gwang¹〔轟〕普 gōng）籌交錯（粵 cok³〔次閣切〕普 cuò）：酒杯
　　和酒籌交互錯雜，形容喝酒盡歡的情景。觥：酒杯。籌：酒籌，用
　　來計算飲酒數量的竹簽或小木條。

㉛ 蒼顏：臉色蒼老。

㉜ 頹然乎其間：醉醺醺地坐在眾人中間。頹然：原指精神不振的樣
　　子，這裏形容醉態。

㉝ 已而：不久。

㉞ 陰翳（粵 ai³〔亞貴切〕普 yì）：形容枝葉茂密成陰。翳：遮蔽。

㉟ 鳴聲上下：意思是雀鳥到處鳴叫。上下，指樹林的高處和低處。

㊱ 樂其樂：（太守）因賓客的快樂而快樂。第一個「樂」字是動詞，第二個「樂」字用作名詞。

㊲ 醉能同其樂，醒能述以文者：醉了能夠分享歡樂，醒了能夠寫文章憶述的人。

㊳ 謂：為，是。廬陵歐陽修：因為歐陽修的故鄉吉州原屬廬陵郡，所以常以「廬陵歐陽修」自居。

【解讀】

　　這是歐陽修被貶滁州期間所作的文章。文章以遊記的形式，記述了滁州的宜人風光和醉翁亭的來歷 —— 瑯琊山上的釀泉，附近有一座涼亭，名叫「醉翁亭」，而「醉翁」這個別號，就是歐陽修在與賓客飲宴期間所改的，從而透露出作者與民同樂的形象。

　　第二段主要描寫醉翁亭附近一早一晚和一年四季的景色變化，第三段則從景物寫人：賓客與太守一起飲宴作樂，「觥籌交錯」、「起坐而喧嘩」的「眾賓歡」情景。最後一段則通過「人知從太守遊而樂，而不知太守之樂其樂也」，表達出作者與民同樂的思想。

　　從文中的筆調來看，作者的心態是豁達開朗的，雖然仕途受挫，但依然與民同樂，造福百姓的政治理想是不變的。在作者筆下，滁州百姓安居樂業，老幼安樂，洋溢着一片生機勃勃、欣欣向榮的景象。從文章形式看，作者在對偶、排比句中糅合了一些散句，使文章似散非散。最特別的，是全篇用了二十一個「也」字作結，句句長短不一，韻味不同，搖曳有致，富有音樂美。

【文化知識】

亭台樓閣

「亭」是我國傳統建築的一種，有頂無牆，供人休息用；古代除了居室之外，供人瞭望、遊玩、停留的建築還有很多，例如「台」是高聳而平坦、便於瞭望的建築，至於建在台上的房屋叫「榭（粵 ze⁶〔謝〕普 xiè）」。「樓」是指兩層以上的房屋，春秋時期的文獻中很少出現「樓」字，大約在戰國晚期，才出現兩層以上的「樓房」。至於「閣」是下部架空，底層高懸的建築，古代常稱宮中藏書的地方為「閣」，後代民間的藏書處也稱閣，如著名的寧波「天一閣」。

【練習】

（參考答案見第 167 頁）

❶ 根據文章內容，歐陽修為何自稱「醉翁」？這跟醉翁亭又有甚麼關係？

❷ 作者提到「山間之四時也」。請以自己的文字，寫出醉翁亭附近四季的景色。

A）春：＿＿＿＿＿＿＿＿＿＿＿＿＿＿＿＿＿＿＿＿＿

B）夏：＿＿＿＿＿＿＿＿＿＿＿＿＿＿＿＿＿＿＿＿＿

C）秋：＿＿＿＿＿＿＿＿＿＿＿＿＿＿＿＿＿＿＿＿＿

D）冬：＿＿＿＿＿＿＿＿＿＿＿＿＿＿＿＿＿＿＿＿＿

❸ 分辨下列句子的修辭手法，把答案填在括號內。

A）朝而往，暮而歸。　　　（　　　）

B）傴僂提攜　　　　　　　（　　　）

C）作亭者誰？山之僧智仙也。（　　　）

❹ 文章末段指出哪幾種「樂」？每種「樂」的原因是甚麼？

❺ 文中有不少詞句，被後人沿用至今，可是意思已經跟當初的不同。找出下列詞句的原意和今意，填寫在橫線上。

A）峯迴路轉

原意：＿＿＿＿＿＿＿＿＿＿＿＿＿＿＿＿＿＿＿＿＿

今意：＿＿＿＿＿＿＿＿＿＿＿＿＿＿＿＿＿＿＿＿＿

B）醉翁之意不在酒

原意：＿＿＿＿＿＿＿＿＿＿＿＿＿＿＿＿＿＿＿＿＿

今意：＿＿＿＿＿＿＿＿＿＿＿＿＿＿＿＿＿＿＿＿＿

小人無朋

〔北宋〕歐陽修

【引言】

　　雖然歐陽修在《朋黨論》中所抒發的是政治評論，但是他對朋友的定義和理解，卻是放諸四海皆準，不論在甚麼年代都是值得參考的。如果我們在交友時謹慎分辨，選擇志同道合的君子為友，拒絕只建立在利益上的「小人式」友情，就能避免日後受到傷害，或被牽連入無妄之災中。

小人無朋[①]

〔北宋〕歐陽修

　　大凡君子與君子[②]，以同道為朋[③]；小人與小人，以同利為朋[④]，此自然之理也。然臣謂小人無朋[⑤]，惟君子則有之[⑥]。

其故何哉⑦？小人所好者，利祿也；所貪者，貨財也⑧。當其同利之時，暫相黨引以為朋者⑨，偽也⑩；及其見利而爭先⑪，或利盡而交疏⑫，則反相賊害⑬，雖其兄弟親戚⑭，不能相保。故臣謂小人無朋，其暫為朋者，偽也。君子則不然⑮。所守者道義，所行者忠信，所惜者名節⑯。以之修身⑰，則同道而相益⑱；以之事國⑲，則同心而共濟⑳，終始如一㉑，此君子之朋也。

【注釋】

① 《小人無朋》：本文節選自歐陽修《朋黨論》，題目是後人所加的。

② 大凡：一般來說。

③ 以：憑藉。同道：相同的真理和志向。為：結為。朋：朋黨，即想法相同的人所集結成的黨派。

④ 同利：相同的利益。

⑤ 然：但是。

⑥ 惟：只有。

⑦ 其故何哉：當中的原因是甚麼呢？其：指「小人無朋，惟君子則有之」這番言論。故：原因。

⑧ 利祿（粵luk⁶〔六〕普lù）：利益和官吏的薪俸。財貨：錢財和貨物。

⑨ 暫相黨引以為朋者：暫且相互勾結成為朋黨。暫：暫且。黨：這裏作動詞用，指勾結。

⑩ 偽：假的，虛偽的。

⑪ 及：等到。爭先：爭先恐後（搶奪）。

⑫ 交疏：交情疏遠。

⑬ 則反相賊害：就反過來互相傷害。則：就。反：反而。賊害：傷害。賊：這裏作動詞用，傷害。

⑭ 雖：即使。

⑮ 則不然：就不是這樣。

⑯ 所守者道義，所行者忠信，所惜者名節：（君子）所堅守的是道義，所踐行的是忠信，所珍惜的是名節。

⑰ 以：用。之：指守道義、行忠信、惜名節。修身：陶冶身心，涵養德性。

⑱ 則同道而相益：那麼志趣一致，相互補益。

⑲ 事國：為國家做事。

⑳ 則同心而共濟：就會心意相通，互相幫助。

㉑ 始終如一：由始至終都一樣。

【解讀】

　　慶曆三年（公元一零四三年）范仲淹施行「慶曆新政」，推動政治、軍事、經濟上的改革。第二年，不少既得利益者開始攻擊改革派，甚至誣陷范仲淹、韓琦、富弼和歐陽修自成朋黨，打壓異己。宋仁宗聽聞後質問范仲淹，范仲淹竟回答説，自古君子、小人「未嘗不各為一黨」（北宋司馬光《涑（粵 cuk¹〔速〕普 sù）水記聞》），視乎君主是否明察，宋仁宗不甚滿意。歐陽修隨即奏上《朋黨論》，別出心裁地作翻案文章。

　　本文節選自《朋黨論》首部分。朋黨，指因相同目的而聚集在

一起的人，自古以來都含有貶義。本文在於闡述「朋黨」一詞本身並無褒貶、反而有「小人之黨」和「君子之朋」之別的觀點。作者希望通過本文的論述，反駁當時保守派對自己和范仲淹等人勾結為黨的指控。

文章先點明小人只因為一時的利益和錢財，而聚合在一起，是虛假的，是不穩固的，甚至在利益既盡後互相殘害；而君子的朋黨，則是守道義、行忠信、惜名節的，始終如一。他們互相幫助，共同進步，為的是國家利益。全文邏輯嚴密，說理清晰，有根有據，讀來令人為之振奮。

【文化知識】

慶曆新政

宋仁宗慶曆三年，宋朝對西夏戰爭慘敗。仁宗遂罷去宰相呂夷簡，任命富弼（粵 bat⁶〔拔〕普 bì）、韓琦等為樞密副使，范仲淹、富弼等人綜合多年來的經驗，於同年九月，將《答手詔條陳十事》（即《十事疏（粵 so³〔四個切〕普 shū）》）奏摺呈給宋仁宗，作為改革的基本方案。朝廷表示贊同，並頒發全國，是為「慶曆新政」，又稱「慶曆變法」。

變法在官員考核、農業生產、軍事兵制、地方行政等方面，均有落墨，可是對官吏和商人等既得利益者構成威脅。守舊派朝臣反對新政，宰相范仲淹被迫自行引退，新政最終以失敗收場。新政失敗後，社會矛盾更為激化嚴重，更形成了所謂的「朋黨」之爭，令北宋積貧積弱的局面更為嚴重。

【練習】

（參考答案見第 168 頁）

❶ 朋黨的定義是同黨者擁有共同思想。那麼「小人之黨」和「君子之朋」的共同思想是甚麼？

A）小人之黨：＿＿＿＿＿＿＿＿＿＿＿＿＿＿＿＿＿＿＿＿

B）君子之朋：＿＿＿＿＿＿＿＿＿＿＿＿＿＿＿＿＿＿＿＿

❷ 作者為甚麼說「小人之黨」是虛偽而短暫的？

❸ 「君子之朋」是怎樣互相扶持的？

❹ 「其故何哉？小人所好者，利祿也；所貪者，貨財也。」運用了哪一種修辭手法？這對於作者闡述觀點有甚麼幫助？

❺ 找出下列多義字「之」的詞性和字義，填寫答案。

A）此自然之理也：＿＿＿＿＿詞；＿＿＿＿＿

B）惟君子則有之：＿＿＿＿＿詞；＿＿＿＿＿

愛蓮説

〔北宋〕周敦頤

【引言】

在西方世界中，幾乎每種花都有其花語，例如百合代表純潔、玫瑰代表愛情、毋忘我代表思念……中國文人對不同的花卉，也賦予不同的性情品格，且有雅俗之分，所以日後送花或收花時，不妨留意該種花的花語或喻意，或許會聽到弦外之音。

愛蓮説①

〔北宋〕周敦頤

　　水陸草木之花②，可愛者甚蕃③。晉陶淵明獨愛菊④。自李唐來⑤，世人甚愛牡丹。予獨愛蓮之出淤泥而不染⑥，濯清漣而不妖⑦，中通外直，不蔓不枝⑧，香

遠益清⑨，亭亭淨植⑩，可遠觀而不可褻玩焉⑪。

　　予謂⑫：菊，花之隱逸者也⑬；牡丹，花之富貴者也；蓮，花之君子者也⑭。噫⑮！菊之愛⑯，陶後鮮有聞⑰。蓮之愛，同予者何人⑱？牡丹之愛，宜乎眾矣⑲！

【作者簡介】

　　周敦頤（粵 dun¹ ji⁴〔頓兒〕普 dūn yí）（公元一零一七至一零七三年），原名敦實，字茂叔，號濂溪先生，道州營道縣（今湖南省道縣）人，北宋著名哲學家，宋明理學創始人。周敦頤性情樸實，不慕錢財，精通《易》學，博聞強記，善於思辨，其學說是孔子、孟子之後儒學最重要的發展，對後代哲學思想有深遠影響。著有《太極圖說》（宇宙生成論）、《易說》、《易通》等。

【注釋】

① 《愛蓮說》：出自周敦頤的《周元公集》。說：文體的一種，即藉着某事物帶出說法或道理，例如唐代韓愈有《師說》、清代劉蓉的《習慣說》等。
② 水陸草木之花：水生的和陸生的花朵。
③ 可：值得。蕃（粵 faan⁴〔煩〕普 fán）：通「繁」，多。
④ 晉陶淵明獨愛菊：東晉的陶淵明唯獨喜歡菊花。

⑤ 李唐：唐朝。古人習慣將皇帝姓氏與國號並稱，唐朝皇帝姓李，故稱；姬周、嬴秦、劉漢、孫吳、曹魏、楊隋、趙宋、朱明等，都是同一道理。

⑥ 予：同「余」，我。出淤（粵 jyu¹〔於〕普 yū）泥而不染：從淤泥中生長出來但不沾染（淤泥的污垢）。

⑦ 濯清漣而不妖：在清水裏洗滌過後，清新但不妖媚。濯（粵 zok⁶〔鑿〕普 zhuó）：洗滌（粵 dik⁶〔敵〕普 dí），清洗。清漣（粵 lin⁴〔連〕普 lián）：這裏指清水。漣：水面上的小波紋。妖：美麗但不端莊。

⑧ 不蔓不枝：不長藤蔓，不生枝節。

⑨ 香遠益清：香氣傳得越遠越清香。

⑩ 亭亭：挺拔直立的樣子。淨：乾淨。植：通「直」，直立，挺立。

⑪ 褻（粵 sit³〔泄〕普 xiè）玩：握在手裏把玩。褻：親近而不尊重。

⑫ 謂：認為。

⑬ 花之隱逸者也：花中的隱士。隱逸：隱居。此處是説菊花品行高潔，遠離塵世，像花中隱士。

⑭ 君子：蓮花「出淤泥而不染」，就像品性高尚的君子一樣，處於俗世卻不肯同流合污，這與隱士遠離塵世不同。

⑮ 噫（粵 ji¹〔依〕普 yī）：文言歎詞，表示感歎的語氣。

⑯ 菊之愛：對菊花的喜愛。

⑰ 陶後：陶淵明之後。鮮（粵 sin²〔蘚〕普 xiǎn）：少。聞：聽説。

⑱ 同予者何人：和我一樣的還有誰呢？

⑲ 宜乎眾矣：應該有很多了。宜：應當。乎：語氣助詞，無實義。眾：多。矣：語氣助詞，表示肯定。

【解讀】

這是一篇託物言志的説理散文。文章雖無一字談論如何修身養性，怎樣成為君子，但卻通過描寫荷花的特點，説明君子應該具有

的品格，並對喜歡牡丹的世人予以委婉的批評。

文章第一段寫不同人對菊花、牡丹和荷花的喜愛，並且重點突出作者自己喜愛荷花的原因：「出淤泥而不染」、「不妖」、「中通外直」、「不蔓不枝」、「香遠益清」、「亭亭淨植」……實際上是作者以荷花自比，以成為君子為己任。

第二段則是抒發作者感慨之情，認為世間和自己一樣喜歡荷花，即奉行君子之道的人很少；反而世人大多喜歡象徵富貴的牡丹。對此，作者表示了失望和不認同。

全文構思巧妙，借寫對荷花的喜愛，表達了作者對君子的仰慕與追尋，既說理清晰透徹，又不顯得迂腐古肅，是一篇清新可愛而又思想豐富的小品文。

【文化知識】

荷花

荷花是文學家經常歌詠的事物，我國古代的詩文中對荷花有各種不同的稱謂，如：芙蓉、蓮花、芙蕖（粵 keoi⁴〔渠〕普 qú）、菡（粵 haam⁵〔蟹濫切〕普 hàn）萏（粵 daam⁶〔啖〕普 dàn）、藕花等。曹植《洛神賦》中說「灼灼『芙蕖』出綠波」；李白有「清水出『芙蓉』」的詩句；南唐中主李璟（李煜父親）的《浣溪沙》詞中有「『菡萏』香銷翠葉殘」；李清照在《如夢令》詞中就說自己「誤入『藕花』深處」。

不過，上述雖然都是荷花的別稱，可是部分別稱所指的事物卻略有不同。根據許慎的《說文解字》，「菡萏」是指還未綻放的荷花，開花之後就叫「芙蓉」，後人常不加分別，最後索性把這幾種稱謂都用在荷花身上了。

【練習】

（參考答案見第 168 頁）

❶ 分析下列文中描寫荷花的句子，找出所比喻的君子特質，填在橫
　線上。

　　A）出淤泥而不染：＿＿＿＿＿＿＿＿＿＿＿＿＿＿＿＿＿＿＿＿＿

　　B）濯清漣而不妖：＿＿＿＿＿＿＿＿＿＿＿＿＿＿＿＿＿＿＿＿＿

　　C）中通外直：＿＿＿＿＿＿＿＿＿＿＿＿＿＿＿＿＿＿＿＿＿＿＿

　　D）不蔓不枝：＿＿＿＿＿＿＿＿＿＿＿＿＿＿＿＿＿＿＿＿＿＿＿

　　E）香遠益清：＿＿＿＿＿＿＿＿＿＿＿＿＿＿＿＿＿＿＿＿＿＿＿

　　F）亭亭淨植：＿＿＿＿＿＿＿＿＿＿＿＿＿＿＿＿＿＿＿＿＿＿＿

❷ 根據文意填寫下表。

	愛好者	比喻的人
菊花	（A）	（B）
牡丹	（C）	（D）
荷花	（E）	（F）

❸ 作者主要寫的是蓮花，但為何開首反而寫許多植物都值得喜歡，
　又花頗多筆墨寫其他花卉，這樣有甚麼好處？

❹ 除了荷花，還有甚麼植物是君子的代表？試找出這種植物的特
　徵，加以說明。

❺ 你認為現時香港社會上大多數的人，是文中哪一種花的代表？為
　甚麼？試簡單說明之。

清　八大山人　荷花雙鳥圖

記承天寺夜遊

〔北宋〕蘇軾

【引言】

　　「何夜無月？何處無竹柏？」即使身處香港大都會，只要我們有心，抬頭仍然有月可賞，路邊牆縫仍有着小草苗的蹤影。作者的一個「閒」字，讓人不禁想起宋代黃龍慧開禪師的一首七絕：「春有百花秋有月，夏有涼風冬有雪，若無閒事掛心頭，便是人間好時節。」但願在人生的旅途上，事不至於忙，情不至於忘，心不至於亡。

記承天寺夜遊①

〔北宋〕蘇軾

　　元豐六年十月十二日夜②，解衣欲睡，月色入戶，欣然起行③。念無與為樂者④，遂至承天寺尋張懷民⑤。懷民亦未

寢⑥，相與步於中庭⑦。庭下如積水空明⑧，水中藻荇交橫⑨，蓋竹柏影也⑩。何夜無月？何處無竹柏？但少閒人如吾兩人者耳⑪。

【作者簡介】

詳見上冊《江城子‧密州出獵》。

【注釋】

① 承天寺：故址在今湖北省黃岡市。

② 元豐六年：公元一零八三年。元豐：宋神宗年號。

③ 解衣：脫下衣服。欣然：高興地。行：散步。

④ 念：想到。無與為樂者：沒有陪自己交談取樂的人。

⑤ 遂：於是。張懷民：蘇東坡的朋友，名夢得，字懷民，清河（今河北省清河縣）人，元豐六年被貶到黃州，寓居承天寺。

⑥ 亦：也。寢（粵 cam²〔且枕切〕普 qǐn）：就寢，睡覺。

⑦ 相與步於中庭：一起在院子裏散步。

⑧ 庭下如積水空明：庭中月光皎潔，照到地上像積水般清澈透明。

⑨ 藻荇（粵 hang⁶〔幸〕普 xìng）交橫：月光下竹子和松柏的影子，像水中的水草參差交錯。藻：泛指生長在水中的植物。荇：一種水草。

⑩ 蓋：原來。

⑪ 但：只是。閒人：清閒的人，無事可做的人。耳：語氣助詞，即而已，罷了。

【解讀】

這是蘇軾的一篇小品文，寫於宋神宗元豐六年，當時，作者因「烏台詩案」被貶謫到黃州（今湖北省黃岡市）。文章生動地描寫了月夜景色，真實地記錄了作者當時生活的片段。

全文開頭簡單交代了時間、地點和人物，以及夜遊的原因。轉而描寫承天寺庭中像水一樣澄澈透明的月光，和月光下參差交錯的樹影。沒有聲音，沒有色彩，景色幽美、氛圍寧靜，於是作者發出「何夜無月？何處無竹柏？但少閒人如吾兩人者耳」的感慨，一方面抒發了作者被貶官黃州，無所事事、壯志難酬的苦悶和憂傷，當中「閒人」一詞更有自嘲意味；不過，另一方面，文章也透露出作者因能體驗這人間清歡而感到欣喜。

全文用字簡潔，語言平實而形象，意境靜雅，含蓄雋永，讓人彷彿身臨其境，感受承天寺寧靜的晚上、美好的月光，洋溢着濃濃的詩意。

【文化知識】

烏台詩案

烏台，即御史台，以監察、彈劾百官為主要職務，因官署內遍植柏樹，又稱「柏台」，而柏樹上常有烏鴉築巢棲息，乃稱「烏台」。

宋神宗元豐二年（一零七九年），蘇軾赴湖州（今浙江省湖州市）上任，到任後上表謝恩。御史台御史何正臣以其上表中用語，暗藏譏刺，要求朝廷明正刑賞。另一名御史舒亶（粵 taan² 〔坦〕 普 dǎn）尋摘蘇軾詩句，指其心懷不軌，譏諷神宗青苗法、助役法、明法科、興水利、鹽禁等政策。神宗下令拘捕蘇軾。被捕後，蘇軾曾意圖自盡，幾經掙扎，終未成舉，也曾暗藏金丹，預備自盡。

後因太皇太后曹氏等人出面力挽，蘇軾終免一死，貶謫至黃

州，其弟蘇轍亦被貶江西筠州任酒監；至於與蘇軾平日往來者，如曾鞏、黃庭堅、司馬光等人亦遭處分。

「烏台詩案」是蘇軾政治生涯上的分水嶺，更是其文學創作道路上的轉振點。居黃州期間是蘇軾創作的高峯期，《念奴嬌‧赤壁懷古》、《前赤壁賦》、《後赤壁賦》都是這段時期的代表作。

【練習】

（參考答案見第 169 頁）

❶ 根據文章內容，填寫「承天寺夜遊」一事的記敘要素：

A）時　　間：＿＿＿＿＿＿＿＿＿＿＿＿＿＿＿＿＿

B）地　　點：＿＿＿＿＿＿＿＿＿＿＿＿＿＿＿＿＿

C）人　　物：＿＿＿＿＿＿＿＿＿＿＿＿＿＿＿＿＿

D）事情起因：＿＿＿＿＿＿＿＿＿＿＿＿＿＿＿＿＿

❷ 文中哪幾句描寫了承天寺的夜色？

❸ 請以自己的文字語譯以下句子：「何夜無月？何處無竹柏？但少閒人如吾兩人者耳。」

❹ 承上題，首兩句屬於哪一種問句？

❺ 為何作者自稱為「閒人」？可見作者心情如何？

送東陽馬生序（節錄）

〔明〕宋濂

【引言】

　　看這篇文章，雖然內容已和今天的生活、甚至我們父輩、祖輩的生活條件，截然不同，然而作者那種對後輩的勤勉和關心，讓人感覺到就像在聽父母、長輩向我們憶述當年生活的艱苦一樣，既親切又溫暖。的確，現代物質的條件豐富，且不斷進步，可是人的抗逆能力卻大不如前。細讀此文，或許能喚醒我們求學應有的心態。

送東陽馬生序[①]（節錄）

〔明〕宋濂

　　余幼時即嗜學[②]。家貧，無從致書以觀[③]，每假借於藏書之家[④]，手自筆錄，計日以還[⑤]。天大寒，硯冰堅，手指不可

屈伸，弗之怠⑥。錄畢，走送之，不敢稍
逾約⑦。以是人多以書假余，余因得遍觀
羣書⑧。

　　既加冠⑨，益慕聖賢之道⑩，又患無
碩師、名人與游⑪，嘗趨百里外⑫，從鄉
之先達執經叩問⑬。先達德隆望尊⑭，門
人弟子填其室⑮，未嘗稍降辭色⑯。余立
侍左右，援疑質理⑰，俯身傾耳以請⑱；
或遇其叱咄⑲，色愈恭，禮愈至⑳，不敢
出一言以復㉑；俟其欣悅，則又請焉㉒。
故余雖愚，卒獲有所聞㉓。

　　當余之從師也，負篋曳屣㉔，行深山巨
谷中，窮冬烈風㉕，大雪深數尺，足膚皸裂
而不知㉖。至舍㉗，四肢僵勁不能動㉘，媵人
持湯沃灌㉙，以衾擁覆㉚，久而乃和㉛。寓逆
旅主人㉜，日再食㉝，無鮮肥滋味之享。同
舍生皆被綺繡㉞，戴珠纓寶飾之帽㉟，腰白
玉之環㊱，左佩刀，右備容臭㊲，燁然若
神人㊳；余則縕袍敝衣處其間㊴，略無慕

豔意⁴⁰。以中有足樂者，不知口體之奉不若人也⁴¹。蓋余之勤且艱若此⁴²。

今雖耄老⁴³，未有所成，猶幸預君子之列⁴⁴，而承天子之寵光⁴⁵，綴公卿之後⁴⁶，日侍坐備顧問⁴⁷，四海亦謬稱其氏名，況才之過於余者乎⁴⁸？

【作者簡介】

宋濂（公元一三一零至一三八一年），字景濂，號潛溪，浦（粵pou²〔普〕普pǔ）江（今浙江省浦江縣）人，元末明初文學家，曾被明太祖朱元璋譽為「開國文臣之首」。宋濂與高啟、劉基並稱為「明初詩文三大家」，他的文章注重實用，力求闡明道理，內容充實，言之有物。

宋濂出身貧寒，但自幼好學，曾受業於元末古文大家吳萊、柳貫、黃溍（粵zeon³〔進〕普jìn）等。朱元璋登基後，宋濂就任江南儒學提舉，為太子講經學，並奉命主修《元史》。洪武十年（公元一三七七年），宋濂以年老辭官還鄉。後其長孫宋慎受牽連於「胡惟庸案」（詳見後文「文化知識」）中，朱元璋本欲殺戮抄家，經皇后、太子力勸，改為全家流放茂州（今四川省茂縣），宋濂在赴蜀途中，病死於夔州（今重慶市奉節縣）。

【注釋】

① 東陽：地名，在今浙江省東陽市。馬生：宋濂的同鄉馬君則。當時馬君則還沒有考取功名，所以稱「生」。序：文體名稱，通常用於臨別贈言。

② 余：我。嗜（粵 si³〔肆〕普 shì）：喜歡，愛好。

③ 無從致書以觀：沒有方法取得書本來閱讀。無從：沒有辦法。致書：得到書。致：得到。觀：看，這裏指閱讀。

④ 每：常常。假（粵 gaa²〔警耍切〕普 jiǎ）：借。藏書之家：有藏書的人家。

⑤ 計日以還：約定好日子還書。

⑥ 弗之怠（粵 toi⁵〔殆〕普 dài）：即「弗怠之」的倒裝句，指不懈怠，不放鬆讀書，抄書。之：代詞，這裏指讀書，抄書。

⑦ 走：跑。送：這裏指歸還。逾約：超過約定的期限。

⑧ 以是：因此。因：因此。得：得以。

⑨ 既：已經。加冠（粵 gun¹〔官〕普 guān）：古代男子在二十歲舉行加冠禮，表示已經成年。後人常用「冠」或「加冠」表示年滿二十。

⑩ 益：更加。慕：仰慕，嚮往。

⑪ 又：卻。患：擔心。碩（粵 sek⁶〔石〕普 shuò）師：學問淵博的老師。碩：大，這裏指學問精深。游：交往。

⑫ 嘗：曾經。趨：跑到。

⑬ 從鄉之先達執經叩問：拿着經書向當地有道德有學問的前輩請教。從：跟從，向。鄉：家鄉，這裏指當地。先達：有道德和學問的前輩。叩問，請教。

⑭ 德隆望尊：道德聲望極高。隆：高。望：聲望，名望。

⑮ 門人弟子填其室：學生擠滿了他的屋子。填：充，這裏是擠滿的意思。

⑯ 未嘗稍降辭色：（老師沒有）把言辭放委婉些，把臉色放溫和些。辭色，言語和臉色。

⑰ 立侍：在尊長身旁站立，加以侍奉。援（粵 wun⁴〔垣〕普 yuán）疑質

理：提出疑難，詢問道理。援，提出。質，詢問。

⑱ 俯身傾耳以請：彎下身子，側着耳朵請教，指表現尊敬而專心。

⑲ 或：有時。叱（粵cik¹〔斥〕普chì）咄（粵deot¹〔多出切〕普duō）：訓
　　斥，呵責。

⑳ 色：臉色。愈：更加。恭：恭敬。至：周到。

㉑ 復：回報，這裏指辯解。

㉒ 俟（粵zi⁶〔字〕普sì）：等待。欣悦：高興。則又請焉：就又再請教了。

㉓ 卒：最終，最後。

㉔ 從師：跟老師學習。負篋（粵haap⁶〔狹〕普qiè）曳（粵jai⁶〔豔麗切〕
　　普yè）屣（粵saai²〔徙〕普xǐ）：背着書箱，拖着鞋子（表示鞋破）。篋：
　　書箱。曳：拖。屣：鞋。

㉕ 窮冬：隆冬。

㉖ 皲（粵gwan¹〔君〕普jūn）裂：皮膚因寒冷乾燥而開裂。

㉗ 舍：指學舍，書館。

㉘ 支：通「肢」，肢體，手腳。僵勁：僵硬。

㉙ 媵（粵jing⁶〔認〕普yìng）人：婢僕。湯：熱水。沃灌：澆（粵giu¹〔嬌〕
　　普jiāo；淋，灑）洗。沃：澆水洗。

㉚ 衾（粵kam¹〔襟〕普qīn）：被子。擁：抱着。覆：蓋。

㉛ 而：表示承接的連詞。乃：才。

㉜ 寓逆旅：寄居在旅店裏。寓：寄居。逆旅：旅館，客舍。

㉝ 日再食：一天吃兩頓飯。再：這裏指兩次。

㉞ 被（粵pei¹〔丕〕普pī）綺（粵ji²〔椅〕普qǐ）繡：穿着漂亮的絲綢衣服。
　　被：通「披」，穿。綺繡：有紋飾的絲織衣服。

㉟ 朱纓：紅色的帽帶。寶飾：以寶石作裝飾。

㊱ 腰：這裏作動詞用，指掛在腰間。

㊲ 容臭（粵cau³〔湊〕普xiù）：香囊。臭：氣味，這裏指香氣。

㊳ 燁（粵jip⁶〔頁〕普yè）然：光彩照人的樣子。

㊴ 縕（粵wan²〔穩〕普yùn）袍敝（粵bai⁶〔弊〕普bì）衣：泛指破舊的衣服。
　　縕，舊絮。袍：外衣。敝，破舊。處其間：處於他們（同舍生）之間。

㊵ 略無慕豔意：毫無羨慕的意思。略無：毫無。慕豔：羨慕。

㊶ 以中有足樂者，不知口體之奉不若人也：因為內心有足以快樂的事（指讀書），不覺得吃的穿的不如人。以：因為。中：內心。足：足以。不知：不覺得。口體之奉：指吃的和穿的。奉：供養。

㊷ 蓋余之勤且艱若此：我的勤勉和艱苦大概就是這樣。蓋：大概。若此：如此，是這樣。

㊸ 耄（粵 mou⁶〔務〕普 mào）：年老。

㊹ 猶幸預君子之列：所幸還得以置身於君子行列中。預：參與，這裏指置身。

㊺ 而承天子之寵光：而且蒙受天子的恩寵榮耀。

㊻ 綴（粵 zeoi³〔最〕普 zhuì）公卿之後：追隨在公卿之後。綴：追隨。公卿：泛指朝中高官。

㊼ 日侍坐備顧問：每天陪侍着皇上，聽候詢問。

㊽ 四海亦謬（粵 mau⁶〔貿〕普 miù）稱其氏名，況才之過於余者乎：天底下也不適當地稱頌我的姓名，更何況才能超過我的人呢？謬稱：自謙語，不適當地稱頌，過譽。

【解讀】

　　《送東陽馬生序》是宋濂送給自己同鄉的年輕人馬君則的一篇贈序。全文講述了自己求學的艱難：兒童時代向「藏書之家」借來典籍，即使天氣再冷，也得親手抄寫，然後準時奉還，「不敢稍逾約」；成年後，為了繼續深造，作者千里迢迢地向「鄉之先達」討教，即使先達臉色如何不悦，作者始終「色愈恭，禮愈至」，聽候老師指教，因此最終在知識上有所收獲；作者在求學途中，到旅館休息，看見其他同學衣飾光鮮，可是一點也不羨慕，皆因他「中有足樂者，不知口體之奉不若人」，可見作者的確勤於學習，從不埋怨自己的生活艱苦。

作者藉着自己求學的艱苦經歷，由衷地希望馬君則能夠盡己所能，學有所成。文章平直懇切，帶有極強的長輩勸誡和鼓勵後生的意味，是一篇勸學佳作。文中作者對求學的艱難和熱情，以及對年輕學子和鄉人們的勉勵和寄予的希望，都令人十分感動。

【文化知識】

胡惟庸案

「胡惟庸案」是指明太祖朱元璋誅殺宰相胡惟庸事件，隨後大肆殺戮功臣宿將，株連甚廣，多達三萬人。

洪武十三年（公元一三八零年），丞相胡惟庸邀請明太祖到家中作客。朱元璋無意中發現胡惟庸家中牆道，都藏有士兵，意圖謀反。太祖當天處死胡惟庸及其手下陳寧二人。

胡惟庸死後，其謀反罪狀陸續被揭發。十八年，有人告發李存義與其子李佑，曾與胡惟庸串通謀逆；翌年，明州衞指揮林賢通倭（粵 wo¹〔窩〕普 wō；日本）事發，經審訊得知，是受胡惟庸指使，林賢被凌遲處死；陸仲亨的家奴告發陸仲亨與唐勝宗、費聚、趙雄三名侯爵，曾串通胡惟庸「共謀不軌」，就連宋濂之孫宋慎亦受牽連被殺，宋濂雖免死，卻最後貶死四川。

胡惟庸案中被株連的有關人等，多達三萬多人，事件一直到洪武二十五年才結束。

【練習】

（參考答案見第 170 頁）

❶ 作者在第一段中說：「余幼時即嗜學。」何以見得？試簡單說明之。

❷ 作者在旅館中所遇到的同學，他們的穿着是怎樣的？而作者當時又穿着甚麼？

❸ 承上題，作者面對這些同學時，心中有甚麼感受？為甚麼？

❹ 文中有不少近義複合詞，即以兩個意思相近的單字，組成新的詞語。試在文中找出其中三個近義複合詞，並寫出其詞義。（其他答案，亦可接受）

A）近義複合詞1：＿＿＿＿＿＿＿；詞義：＿＿＿＿＿＿＿

B）近義複合詞2：＿＿＿＿＿＿＿；詞義：＿＿＿＿＿＿＿

C）近義複合詞3：＿＿＿＿＿＿＿；詞義：＿＿＿＿＿＿＿

❺ 作者求學或處世的態度有甚麼值得我們學習的地方？

宋濂像

湖心亭看雪

〔明〕張岱

【引言】

　　西湖的景色是古今文人墨客特別鍾愛的，不論春日或是冬夜，都有其特色。但此文除寫景外，更值得玩味的，是作者當時「癡」的心情。

湖心亭看雪

〔明〕張岱

　　崇禎五年十二月①，余住西湖。大雪三日，湖中人鳥聲俱絕。是日更定矣②，余挐一小舟③，擁毳衣④、爐火，獨往湖心亭看雪。霧淞沆碭⑤，天與雲、與山、

與水，上下一白。湖上影子[6]，惟長堤一痕[7]、湖心亭一點、與余舟一芥[8]，舟中人兩三粒而已[9]。

到亭上，有兩人鋪氈對坐，一童子燒酒，爐正沸。見余，大喜，曰：「湖中焉得更有此人！」拉余同飲。余強飲三大白而別[10]。問其姓氏，是金陵人[11]，客此。及下船，舟子喃喃曰[12]：「莫說相公癡[13]，更有癡似相公者[14]！」

【作者簡介】

張岱（公元一五九七至一六七九年），字宗子、石公，號陶庵（粵 am[1]〔柯心切〕普 ān），別號蝶庵居士，山陰（今浙江省紹興市）人，明末清初散文大家。明代後期，宦官把持朝政，特務機構橫行，朝廷黨爭酷烈，國家內憂外患，岌岌可危，到滿清入關，漢人皆在滿洲人的高壓統治之下。許多文人對社會不滿，卻又無可奈何，因而追求個性解放，縱情於自然風光、藝術鑒賞等，以此來排遣殘酷現實所帶來的巨大精神壓力。他們追求悠閒脫俗的生活，在山水園林、花鳥魚蟲、書畫絲竹中尋找生活的意趣。張岱的散文文筆清新，時雜詼諧，作品多寫山水景物、日常瑣事，有些作品更表現出明亡後的懷舊感傷情緒，寄託了他對明王朝的深深懷念。

① 崇禎（粵 zing¹〔精〕普 zhēn）五年：公元一六三二年。崇禎：明思宗
   朱由檢年號（一六二八至一六四四年）。

② 更（粵 gaang¹ 普 gēng）定：指初更完結，即晚上九點左右。定，完結。

③ 挐（粵 naa⁴〔拿〕普 ná）：通「拏」，把持，引申為撐，劃，牽引，這
   裏指撐船。

④ 擁：圍着，這裏指穿着。毳（粵 ceoi³〔翠〕普 cuì）衣：細毛皮衣。毳，
   鳥獸的細毛。

⑤ 霧淞（粵 sung¹〔鬆〕普 sōng）：雲霧和水氣。霧是從天空下罩湖面的
   雲氣，淞是從湖面上蒸發的水汽，這時因為天寒，凝成冰花。沆碭
   （粵 hong⁴ dong⁶〔杭盪〕普 hàng dàng）：雪夜寒氣瀰漫。

⑥ 湖上影子：湖上能（清晰）見到的倒影。

⑦ 惟長堤一痕：只有西湖長堤（在雪中隱隱露出的）一道痕跡。惟：
   只有。

⑧ 余舟一芥：我那像小草一樣的小船。

⑨ 舟中人兩三粒而已：船上的人只是兩三粒米罷了。

⑩ 強（粵 koeng⁵〔拒養切〕普 qiǎng）：盡力，勉強。大白：大酒杯。白：
   古人罰酒時用的酒杯，也泛指一般酒杯，三大白就是三大杯酒。

⑪ 金陵：今南京的別稱，亦即明初首都。

⑫ 舟子：船夫。

⑬ 相（粵 soeng³〔試唱切〕普 xiàng）公：原指對宰相的尊稱，後轉為對
   年輕人及讀書人的尊稱。癡：癡迷。

⑭ 更：還。

【解讀】

　　這篇小品文是張岱的名作，風格清新雅致，在寫景中寄託了他幽深的故國之思和深摯的眷戀之情，是張岱明亡之後的作品中極具代表性的一篇。文中白描手法的運用可以説出神入化，精確簡練地描繪了大雪三日後清冷又不失精緻的西湖景色。

　　全文寫作者一次西湖看雪的經歷。儘管西湖雪景十分有名，但是作者選擇一個大雪三日之後的深夜獨自去看雪，還是體現了他與眾不同的欣賞趣味和體驗。文章一開篇對場景的描繪就是「人鳥聲俱絕」，一片肅殺蕭條的冷寂景色，這種景色也確定了全文的環境基調。緊接着「霧凇沆碭」一句，又為我們展現了一幅影影綽綽、隱隱約約的水墨山水畫，精緻清冷的雪景被霧凇籠罩着，天、雲、山、水渾然一體，作者也不禁融入了這一片混沌中。

　　在這樣的一個冬夜，作者獨自到西湖深處看雪，讓他感到意外的，是遇到兩個同樣前來湖心亭賞雪的人。作者十分驚喜，與萍水相逢的賞雪人喝了三大杯酒，興盡而去，心中既有遇到知音的愉快，分別後又難免惆悵。

　　張岱的前半生生活優裕，明亡之後，他的情感是複雜而哀痛的。這種寄情山水的文章，在一定程度上反映了作者對現實的不認可但又無奈的心情。而船夫所説的「莫説相公癡，更有癡似相公者」，不僅是作者對西湖景色的「癡心」，也是對明朝的一片癡心。

【文化知識】

更

　　「更」是我國古代的計時單位，把晚上七點到翌（粵jik⁶〔亦〕普yì；明日）日清晨五點這十個小時內，平均分為五更，每更為兩個小時：

「一更（初更）」指戌（粵seot¹〔蟀〕普xū）時，即晚上七點到九點；「二更」指亥（粵hoi⁶〔害〕普hài）時，即晚上九點到十一點；「三更」指子時，即晚上十一點到翌日凌晨一點；「四更」指丑時，即凌晨一點到凌晨三點；「五更」指寅（粵jan⁴〔人〕普yín）時，即凌晨三點到清晨五點。另外，一更又分為五點，每二十四分鐘就會敲鑼擊鼓，報時一次。

跟「更」有關的成語或諺語非常多，好像「三更半夜」，就是指子時，也就是午夜時分，故此說「三更」；又例如「更長漏永」，「漏」是指古代的計時器，「更長漏永」形容漫長的夜晚；粵語諺語有「三更窮五更富」，三更和五更只相差四個小時，卻出現了「窮」、「富」之別，以說明世事變幻無常。

【練習】

（參考答案見第 170 頁）

❶ 本文集記敘、寫景、抒情於一身，請各找屬於記敘、描寫、抒情的文句各一。

A）記敘：＿＿＿＿＿＿＿＿＿＿＿＿＿＿＿＿＿＿＿＿＿

B）描寫：＿＿＿＿＿＿＿＿＿＿＿＿＿＿＿＿＿＿＿＿＿

C）抒情：＿＿＿＿＿＿＿＿＿＿＿＿＿＿＿＿＿＿＿＿＿

❷ 作者向湖心亭中的人「問其姓氏」，卻只回答「是金陵人」。這看似答非所問的回應有何心意呢？

❸ 為甚麼舟子說作者癡呢？

❹ 請找出下列畫有底線的粗體多義詞的本意和引申義。

詞語	本義	引申義
余**挐**一小舟	（A）	（B）
莫説**相公**癡	（C）	（D）

❺ 本文所描寫的西湖雪色，讓你想起哪些詩人描寫雪景或西湖的詩句呢？

河中石獸

〔清〕紀昀

【引言】

　　或許大部分人之所以認識紀昀，都是因為家喻戶曉的電視劇集《鐵齒銅牙紀曉嵐》，但他的才華絕不單單局限於文學創作上，讀完這篇《河中石獸》，你會發現他其實很有讀理科的天分呢！

河中石獸

〔清〕紀昀

　　滄州南①，一寺臨河干②，山門圮於河③，二石獸並沉焉④。閱十餘歲⑤，僧募金重修⑥，求石獸於水中，竟不可得⑦。以為順流下矣，棹數小舟⑧，曳鐵鈀⑨，

尋十餘里，無跡。

　　一講學家設帳寺中⑩，聞之笑曰：「爾輩不能究物理⑪，是非木杮⑫，豈能為暴漲攜之去⑬？乃石性堅重⑭，沙性鬆浮，湮於沙上⑮，漸沉漸深耳。沿河求之，不亦傎乎⑯？」眾服為確論。

　　一老河兵聞之⑰，又笑曰：「凡河中失石，當求之於上流。蓋石性堅重，沙性鬆浮，水不能衝石⑱，其反激之力，必於石下迎水處齧沙為坎穴⑲，漸激漸深，至石之半，石必倒擲坎穴中⑳。如是再齧，石又再轉，再轉不已㉑，遂反溯流逆上矣㉒。求之下流，固傎㉓；求之地中，不更傎乎？」

　　如其言㉔，果得於數里外。然則天下之事㉕，但知其一，不知其二者多矣㉖，可據理臆斷歟㉗？

紀昀（粵wan⁴〔雲〕普yún）（公元一七二四至一八零五年），字曉嵐（粵laam⁴〔藍〕普lán），一字春帆，晚號石雲，道號觀弈道人，直隸獻縣（今河北省獻縣）人。歷雍正、乾隆、嘉慶三朝，因其「敏而好學可為文，授之以政無不達」（嘉慶帝御賜碑文），故卒後諡號「文達」，世稱文達公。

乾隆三十三年（公元一七六八年），紀昀因捲入鹽政虧空案被發配到新疆烏魯木齊，於沿途積極與當地人交流，曰「如是我聞」，寫了不少的作品，後整理成冊，即為著名的《閱微草堂筆記》。兩年後，因乾隆帝修書需要，將紀曉嵐從新疆召回，任《四庫全書》館的總纂（粵zyun²〔紙短切〕普zuǎn；搜集材料編書）官，收書三千五百零三種，共七萬九千三百三十七卷。歷任編修、左庶子、兵部侍郎、左都御史、禮部侍郎等職。

紀曉嵐在嘉慶十年病卒，享壽八十歲。朝廷賜白銀五百兩治喪。《清史稿》有傳。

【注釋】

① 滄州：在今河北省滄州市。
② 臨：靠近。河：指黃河。干（粵gon¹〔肝〕普gān）：岸邊。
③ 山門：寺廟的大門。圮（粵pei²〔鄙〕普pǐ）：倒塌。
④ 並：一起。焉（粵jin⁴〔言〕普yān）：語氣助詞，表示肯定的意思。
⑤ 閱：經歷。歲：年。
⑥ 募：廣求，召集。
⑦ 竟：最終。
⑧ 棹（粵zaau⁶〔驟〕普zhào）：船槳。這裏作動詞用，指划船。

⑨ 曳：拉着，拖着。鐵鈀（粵 paa⁴〔爬〕醫 pá）：釘耙。鈀：通「耙」，平整農地用的農具。

⑩ 設帳：指設立學館教學。

⑪ 爾輩：你們。物理：這裏指事物的原理。

⑫ 是非：這不是。是：指示代詞，這，指石獸。非：不是。木柿（粵 fai³〔廢〕醫 fèi）：木片。

⑬ 為（粵 wai⁴〔圍〕醫 wéi）：被。

⑭ 乃：發語詞，沒有實際意義。

⑮ 湮（粵 jin¹〔煙〕醫 yān）：埋沒。

⑯ 不亦傎乎：不是很荒唐嗎？傎（粵 din¹〔顛〕醫 diān）：同「癲」，發瘋，荒唐。

⑰ 河兵：治河的士兵。聞之：知道大學問家的言論。聞：知道，聽到。

⑱ 衝：衝擊。

⑲ 齧（粵 jit⁶〔熱〕醫 niè）：本意是咬，這裏是沖刷、衝擊的意思。坎（粵 ham²〔砍〕醫 kǎn）穴：洞坑。

⑳ 倒擲：傾倒。

㉑ 不已：不停止。已：停止，完結。

㉒ 遂反溯（粵 sou³〔素〕醫 sù）流逆上矣：（石頭）就漸漸逆着水流，移到上游了。溯：逆流。

㉓ 固：本來。

㉔ 如其言：按照老河兵的説話。如：按照。

㉕ 然則：指「既然這樣，那麼……」。

㉖ 但知其一，不知其二：指知道事物的一面，不知道另一面。形容對事物的了解不全面。但：只。

㉗ 據理：根據事物的道理。臆（粵 jik¹〔憶〕醫 yì）斷：主觀判斷。臆：胸部。歟（粵 jyu⁴〔余〕醫 yú）：語氣助詞，表示疑問。

　　本文選自《閱微草堂筆記》，是一則寓意深刻的小故事。作者通過講述一個尋找被大水沖走的石獸的故事，勸誡世人凡事要追究事實，而不是僅憑一知半解就想當然：寺廟門口的石獅子沉入河中，十多年後，僧人認為石頭理應隨河水流到下游，可是僧人划艇到下游，卻找不到石頭的蹤跡；大學問家認為石頭不是木，理應沉入河底泥沙中；老河兵卻認為石頭隨着河水向其底部的衝擊，慢慢地逆流而上。果然，石獅子真的在上游尋回！

　　僧人和大學問家只是憑個人推測，想當然地臆測事物的道理，將這種態度放於求學或做事之上，當然會一無所獲；相反，老河兵卻是憑着個人的治河經驗，加以推理，尋求正確答案，這種認真的治學、做事態度，是值得我們學習的。

【文化知識】

《四庫全書》

　　由紀昀、陸錫熊任總纂官的《四庫全書》，是我國古代規模最大的一部叢書，因為按照「經」、「史」、「子」、「集」四部分類，所以稱為「四庫」。

　　四部分類法是我國古代書籍的分類方法，以內容為分類依據，經部主要收儒家的重要典籍，如《尚書》、《論語》、《孟子》等；史部收歷史文獻，如《史記》、《資治通鑒》等；子部收諸子百家的著作，如《莊子》、《韓非子》等；集部主要是文學作品。

　　《四庫全書》包括了我國古代的大部分圖書，編纂歷時十餘年，書成之後抄錄成七個副本，分別收藏在紫禁城內的文淵閣、圓明園內的文源閣、承德的文津閣、瀋陽的文溯閣、揚州的文匯閣、鎮江的文宗閣和杭州的文瀾閣。《四庫全書》問世二百多年來，歷經戰

亂、天災、遷徙，保留到現在的僅餘四套：文津閣本現藏北京國家圖書館、文淵閣本保存在台北故宮博物院、文溯閣本保存在甘肅省圖書館，損毀後又抄補的文瀾閣本，則藏於浙江省圖書館。

【練習】

(參考答案見第 171 頁)

❶ 對於石獅子的去向，僧人、學者和河兵，各有甚麼看法？他們的理據又是甚麼？試填寫下表。

	石獅子位置	理由
僧人	（A）	（B）
學者	（C）	（D）
河兵	（E）	（F）

❷ 承上題，僧人和學者的求知態度，與河兵的有甚麼分別？

❸ 語譯以下句子：「是非木杮，豈能為暴漲攜之去？」

❹ 找出下列句子中畫有底線通假字的本字，填在括號內。

A）曳鐵**鈀**，（　　　　）
B）不亦**傎**乎？（　　　　）

❺ 找出文中的主旨句，並嘗試歸納本文的中心思想。

A）主旨句：＿＿＿＿＿＿＿＿＿＿＿＿＿＿＿＿＿＿＿＿＿

B）中心思想：＿＿＿＿＿＿＿＿＿＿＿＿＿＿＿＿＿＿＿

参 考 答 案

《論語》十二章

❶ A) 孔子強調「學而時習之」、「溫故而知新」，曾子反省自己有否「傳不習乎」，可見儒家學者主張學習過的內容要經常反覆誦讀，這樣才能讓知識歷久常新。

B) 孔子認為「學而不思則罔，思而不學則殆」，主張學、思並存，子夏認為遇到學習困難時，就要「切問而近思」，都指出遇到問題時，要深入思考、勤於發問，才能消除疑慮。

❷ A) d；B) a；C) b；D) c；E) a

❸ 孔子之所以反覆說「賢哉回也」，是因為顏回即使過着窮困的生活，例如「簞食瓢飲」、「在陋巷」，依然不改其樂，換言之，他不會為了解決貧窮，做出不合乎君子原則的事情。而孔子也說過自己「飯疏食，飲水，曲肱而枕之」，但依然樂在其中，對於不義的富貴會視作浮雲，可見孔子和顏回二人的言行是相符的。

❹ A) 悅、高興；B) 逾、超越；C) 罔、迷惘

❺ 例如我的朋友做事十分有恆心和毅力，即使遇到多大的困難，依然不肯放棄，這正是做事只有「三分鐘熱度」的我，需要改善和學習的地方。(言之成理即可)

曹劌論戰

❶ A) 吃肉的人，這裏指官員；B) 打仗之事，是由官員策劃的，不用旁人插手指點；C) 官員都是目光短淺之流，不能深謀遠慮

❷ 曹劌待齊軍三擊鼓、士氣低落時，才第一次以士氣如虹的魯軍出擊，可見他有遠見，有策略；齊軍敗走，但曹劌沒有及時追趕，是因為他要先觀察敵軍的車轍和軍旗，才能確定敵軍是否詐降，可見他心思細密。

❸ 在曹劌心目中，百姓才是戰爭的致勝之道。因為曹劌一開始，就問魯莊公憑甚麼可以打勝仗，魯莊公先後以對大臣的「弗敢專」，對神明的「弗敢加」回答，然而曹劌都認為只是「小惠」、「小信」，直到魯莊公說自己每宗案件都會按實情來裁決，曹劌才認為這是「忠之屬也，可以一戰」，可見民心才是戰爭勝敗的關鍵。

❹ A) 的；曹劌
　　B) 然後；就會

《孟子》三則

❶ A) 納天下萬物的仁愛之心；站在正確位置，謹守禮法；走光明大道，行事正義。
　　B) 不能被富貴所迷惑，不能因困境而動搖意志，不能因武力威脅而輕言屈服。

❷ A) 本來指普通的食物，同時比喻為活命，也就是「生」。
　　B) 本來指珍貴的食材，同時比喻為大義，也就是「義」。

❸ 孟子認為這種精神，人皆有之，只是賢人能夠在生死關頭依然不捨棄這種精神而已。

❹ 上天希望上古偉人能夠「動心忍性，曾益其所不能」，即使心靈受到震動，也能變得堅強，同時發掘前所未有的潛能。

❺ A) 排比；B) 反問；C) 對偶

❻ 例如有許多地產商為了賺錢，瘋狂提高店鋪的租金，連累不少老店倒閉，員工失業，置社會責任於不顧。其實這些人應該嘗嘗貧困的滋味，才能學會在「生」與「義」之間作出抉擇。（言之成理即可）

❼ 我認為百里奚所受苦難最多，他的君王不但打敗仗，他自己還被俘虜到市集賣身為奴，歷盡人間的辛酸。（言之成理即可）

論四端

❶ 孟子提出所有人突然見到小孩子快要掉入井中，必有驚恐害怕和同情之心。

❷ 惻隱之心，是仁的開端；羞惡之心，是義的開端也；辭讓之心，是禮的開端也；是非之心，是智的端也。假如這四端能得以擴充，足以安定天下，否則，就連自己的父母也不能好好照顧。

❸ A) 結構助詞；的
   B) 人稱代詞；這件事
   C) 指示代詞；這
   D) 形容詞；正確

❹ A) 排比；B) 比喻；C) 對偶；D) 對比

❺ 其實我認同孟子這番話，只是許多人因為種種原因，例如財富、地位、工作等，而埋沒了自己的惻隱之心。我的一位鄰居雖然平時跟街坊不熟絡，還有過幾次爭執，可是有次大廈發生火警時，他竟不顧一切地先協助老人家離開，可見每個人都是擁有惻隱之心的。(言之成理即可)

湯問 (節錄)

❶ 伯牙想到山，就能彈出高山的巍峨；想到水，就能奏出江水的澎湃，而鍾子期只要一聽，就知道伯牙心中想要表達的是山還是水，是霖雨之操，還是崩山之音。

❷ A) 想法；B) 琴；C) 鍾子期；D) 伯牙

❸ 鍾子期的鑒賞能力高固然重要，但更重要的是他以真心對待朋友，如果鍾子期不肯用心傾聽伯牙鼓琴，那麼即使伯牙如何用心彈奏，那麼鍾子期始終都領略不到當中的旨趣。

4 我有一位很好的朋友。我口齒不伶俐，說話時往往不能完整表達心中所想。有時當我把話說到一半，話未落音，她就能接下去，說出我想表達的事情。(言之成理即可)

西施病心

1 C

2 醜女看見美麗的西施皺眉，覺得很美，於是加以模仿。

3 莊子想要說明，先王的禮義法度雖然很好，但不一定適用於所有時代。如果統治者只知道它的好處，但不知道好在甚麼地方，就盲目推行，只會為管治帶來反效果。

4 A）因此；B）於是；C）兼且；D）但是

鄒忌諷齊王納諫

1 鄒忌認為，妻子偏愛自己、妾侍害怕自己、客人有求於自己，才會異口同聲地說自己比徐公俊美，而非出自真心。

2 鄒忌跟齊威王說，妃嬪和近臣無不偏愛大王，朝臣無不敬畏大王，天下萬民無不有求於大王，因此不會有人敢於批評他。鄒忌希望齊威王可以廣開言路，接納群臣、官吏、百姓批評自己。

3 A）當面指責；過錯
B）中賞
C）下賞；公眾場合；傳達

4 A）形容；俊美
B）動；讚美

C) 名；早上

D) 動；朝見

E) 疑問代詞；誰

F) 副；仔細

❺ 齊威王樂於接受批評和意見，是從善如流的明君；而鄒忌有自知之明，心思細密，是善於進諫、忠君愛國的賢臣。

學記（節錄）

❶ 進食和學習都需要實踐，不能憑空想像：如果不進食，那麼即使是佳餚，也不能知道當中的美味；如果不學習，那麼即使是大道理，也不能知道當中的好處。

❷ A) 類比；以熟悉的事物印證抽象的事物，讓讀者易於理解。

B) 引用；引用經典的文句，能增強說服力。

❸ 因為學生只有學習，才可以知道自己學識不足夠，繼而自省以改進；老師只有通過教人，才可以知道自己學識未通達，繼而進修以自強。

❹ 我認同，因為教、學是相輔相成的：學生從老師身上吸取知識，固然要努力學習，可是老師也需要不斷進修，提升自己，才能把最好的學識和經驗教給學生。（言之成理即可）

出師表

❶ 「內外異法」指皇宮和朝廷所用的賞罰法則不一樣。諸葛亮認為「宮中府中，俱為一體」，因此請求劉禪把小人和賢臣，送交相關部門處理賞罰事宜，不宜偏私。

❷ 諸葛亮以先漢「親賢臣，遠小人」而興隆、後漢「親小人，遠賢臣」而傾頹作對比，希望劉禪對自己推薦的賢臣親之信之，那麼「漢室之隆，可計日而待」，否則只會重蹈後漢的覆轍。

❸ B

❹ 是指把國家的安危、劉禪的帝位、北伐的重任託付給諸葛亮，希望他輔助劉禪守住蜀國。

❺ 他臨行前對劉禪的千叮萬囑，顯示他擔心劉禪的能力及國運，當他回想先帝的知遇之恩時充滿感激之情，談到討伐曹操時就更充滿決心，可是在表文末尾卻說自己「臨表涕零，不知所云」，可見當時他的心情是非常複雜的。

桃花源記

❶ 桃花源那裏土地平曠，排列着整整齊齊的房舍，四周還有肥沃的良田、美麗的魚池、桑樹和竹子。田間的小路互相交錯，四周都可以聽到雞啼和狗吠的聲音。

❷ 雖然村民知道漁夫是外面世界來的人，可是依然請他回家吃飯，還聽漁夫講述外面世界的事情，甚至將自己的來歷一一說出。從中可以知道村民性格友善、淳樸，對外來的人沒有戒心。

❸ A) 沿；B) 俱；C) 邀；D) 誌

❹ 作者刻意加插劉子驥 —— 一個歷史上真有其人的人物，目的是希望增強桃花源這個故事的可信性。

與謝中書書

① A) 高山和流水的動靜相配；
   B) 石壁和青竹的五彩斑斕；
   C) 曉霧和夕陽的日夜奇景；
   D) 猿鳥和游魚的動感情景

② A) 山川的秀美，自古以來都是文人雅士所共同欣賞和讚歎的。
   B) 自康樂公以後，再也沒有人懂得欣賞這種山水的雄奇秀麗了。

③ 第一句是以山川之美帶出全文主旨，而最後一句則以人間天堂來讚美自然景色，抒發奇景難得，知音更難求的感歎，與首句「古來共談」相呼應。

④ 文中還運用了聽覺描寫：清晨迷霧漸散，山林中傳來猿鳴鳥啼的喧鬧之聲。

⑤ 作者在文末提及謝靈運，除了表達自己對大自然的鍾情和體悟，還抒發了期待與友人共享美景的心情。

三峽

① 作者在第一段介紹了三峽羣山的多、高、險。長江兩岸的羣山，連綿不絕，幾乎沒有空缺之處，此為「多」；羣山能夠遮天蔽日，如果不是正午或半夜，就見不到太陽或月亮，此為「高」；羣山的懸崖和山峯，層層疊疊，是為「險」。

② A) 夏水襄陵，沿溯阻絕；B) 素湍綠潭，回清倒影；
   C) 晴初霜旦，林寒澗肅，常有高猿長嘯。

③ 是指三峽的水清澈，樹榮茂，山高峻，草茂盛。

❹ 我不認同。我相信在酈道元所身處的年代，也許的確如此，可是自從三峽工程完成後，長江沿岸的景色已經大不如前，生態大受影響，因此可以說現在的三峽，「趣味」不足，「感慨」有餘。（言之成理即可）

雜説（四）

❶ 千里馬常有，可是伯樂不常有。千里馬任由不懂鑒別千里馬的餵馬人糟蹋，終其一生，最後只能與普通馬同死於馬廄，那跟普通馬又有甚麼分別？因此不能冠以「千里」的名稱。

❷ 千里馬要吃一石糧食，可是一般食馬者只以餵飼普通馬的標準來餵飼千里馬。千里馬吃不夠，力不足，最後連普通馬也比不上。

❸ A）反問；B）排比；C）設問

❹ A）反問句明知故問地道出千里馬不被重視的後果，既增強語氣，也讓讀者有所反省。

　　B）排比句以形式相同的幾個句子，排山倒海地列出並批評一般食馬者對待千里馬的態度。

　　C）設問句以一問一答的形式，讓讀者先行思考，然後提出答案，增強説服力。

❺ 本文的論點是「千里馬常有，而伯樂不常有」。作者借千里馬和伯樂的比喻，想説明即使有人才，也需要有懂得發掘和運用的愛才者，説明選賢任能的重要性，也表達了作者對統治者不善用人才、糟蹋人才的不滿和擔憂。（言之成理即可）

陋室銘

❶ 作者以類比手法，先強調山在於有仙人居住，水在於有游龍潛居，然後帶出只要屋子裏有君子居住，那就一點也不簡陋，以突出作者悠然自得、高潔隱逸的思想。

❷ A) 諸葛亮、揚雄、孔子；B) 諸葛亮、揚雄和孔子的居所雖然簡陋，可是他們本身才德兼備，因而備受後世欣賞。

❸ 運用引用手法，列舉名人事例或名言能加強文章說服力。

❹ A) 名、靈、馨、青、丁、經、形、亭；
B) 孔子云：「何陋之有？」

小石潭記

❶ A) 聽覺；B) 聞水聲，如鳴佩環；C) 水尤清冽；D) 視覺

❷ A) 作者寫小石潭的魚兒，在水中游泳，都好像在空中游動，甚麼依靠也沒有。
B) 陽光照到小石潭的水底，魚的影子投影在水底的石頭上。

❸ 小石潭四周是竹林，十分清幽，沒有人煙，可是由於太過冷清，寒氣入骨，讓人覺得憂傷，所以作者也沒有久留。

❹ A) 明喻；B) 排比；C) 誇張；D) 擬人

❺ 我覺得作者並沒有感染魚兒的活潑跳脫，反而因為自己的遭遇，而感到孤獨空虛，所以才將魚兒的感情投射到自己身上，希望自己可以開心一點，可見作者當時心情低落。(言之成理即可)

岳陽樓記

❶ 因為范仲淹的朋友滕子京被降職做巴陵郡太守,在他的管治下,政事順利,百姓和樂,並重修了岳陽樓,還邀請范仲淹寫作文章,記下此事。

❷ A) 就是指天氣,不論是「淫雨霏霏」,還是「春和景明」,都會影響遷客騷人的心情。

B) 就是指自己的遭遇,文中「去國懷鄉」或「寵辱偕忘」都會使遷客騷人或喜或悲。

❸ 「遷客騷人」會因為身邊四周的環境或自己的遭遇,而顯露悲傷或開心的情感,可是「古仁人」所擔憂的是百姓或君王,不論在朝還是在野,也是如此,即使是享樂,也會在天下人之後。

❹ 因為作者想藉此表明自己的政治抱負,即使被貶在外,也不忘國家大事,依然以輔助皇帝和拯救百姓為己任。

❺ 在天下人擔憂之前先擔憂,在天下人享樂之後才享樂。

醉翁亭記

❶ 歐陽修經常和賓客到山上的小亭飲宴,太守每次只喝一點酒,但總會酒醉,加上年又最高,故此太守自號「醉翁」。由於小亭是太守經常飲宴的地方,因此太守以自己的別號作為小亭的名字。

❷ A) 野花綻放時,散發出清雅的香氣。

B) 高大的樹木枝葉繁茂得成為了樹蔭。

C) 秋季天高氣爽,霜色潔白。

D) 冬天溪水乾涸,露出水底石頭來。

❸ A) 對偶;B) 借代;C) 設問

④ 末段指出了三種樂：禽鳥樂、人之樂及太守之樂。禽鳥樂是因為人們散去，山林重回寧靜，禽鳥可以重新享受山林之樂；人之樂是指賓客可以跟從太守遊山玩水；至於太守之樂，是指他能與民同樂，看見賓客開心，自己也會開心。

⑤ A) 山勢迴環，路也跟着拐彎；比喻事情有了轉機
　　 B) 醉翁的情趣不在於喝酒；比喻做事別有用心，動機不純

小人無朋

① A) 所喜歡的是利益、俸祿、財貨。
　　 B) 所堅守的是道義，所踐行的是忠信，所珍惜的是名節。

② 「小人之黨」有共同利益時，才會聚在一起。他們見利忘義，利盡交疏，甚至互相殘害，即使是兄弟親戚也不能倖免，因此「小人之黨」不但是虛偽，更是短暫的。

③ 他們懷着道義、忠信和名節，志趣一致，同舟共濟。在個人修行上，他們能相互提點、補益；在國家發展上，就能互相幫助、共同進退。

④ 這一句運用了設問。作者先提出提問，然後才說出答案，目的希望讀者可以思考「小人無朋」的原因，從而帶出「所好者，利祿也；所貪者，貨財也」的觀點，加深讀者的印象。

⑤ A) 結構助；的
　　 B) 人稱代；朋黨

愛蓮說

① A) 不肯同流合污；B) 和善謙厚而不驕傲；C) 正直磊落；D) 安

分守己，不節外生枝，不惹是生非；E) 推己及人，德行遠播；
F) 堅毅不屈

② A) 陶淵明；B) 隱逸者／隱士；C) 大眾；D) 富貴者；
E) 作者／周敦頤；F) 君子

③ 這樣能以其他植物襯托出蓮花的高潔，與眾不同。

④ 竹子。竹子質地堅硬挺直，而且有節，加上耐寒，就像君子一樣
正直不阿，有氣節，而且即使風吹雨打，依然屹立不倒。（言之
成理即可）

⑤ 我認為是牡丹的代表，因為不少香港人都熱衷追逐物質生活，甚
至有的是拜金主義的奉行者，這和牡丹所象徵的富貴非常相似。
（言之成理即可）

記承天寺夜遊

① A) 元豐六年十月十二日夜
B) 黃州承天寺
C) 蘇軾和張懷民
D) 蘇軾睡前看到皎潔的月光照入窗戶，心情愉快，於是出外走
走。

② 庭下如積水空明，水中藻荇交橫，蓋竹柏影也。

③ 哪一個晚上沒有月亮？哪一處沒有竹子和柏樹？只是缺少像我倆
這樣的閒人而已。

④ 反問句

⑤ 作者被貶官，未能報效朝廷，自覺無所事事，故自稱「閒人」，
由此可見作者仍為其仕途不順而介懷，但同時，作者在失意中有
朋友相伴，共享月色，也算是閒適的樂事，不幸中見大幸。

送東陽馬生序 (節錄)

❶ 作者童年時家貧，唯有向藏書之家借書，親自抄錄，在約定日子歸還。即使天氣再冷，手指不能屈曲，作者也不敢怠慢，抄錄書本內容，而且如期歸還，由此可見作者幼年時的確非常好學。

❷ 作者的同學都身穿絲綢衣服，頭戴珍貴帽子，腰繫白玉之環，還有佩刀和香囊；可是作者只是穿着破舊的棉衣。

❸ 作者完全不感到羨慕，因為他已得到最重要的知識，讓心靈富足，所以並不介意吃的、穿的比別人的差。

❹ A) 假借；問別人借
   B) 叱咄；訓斥，呵責
   C) 耄老；年紀老邁

❺ 作者不重視物質，只求心靈的富足，即使看到其他同學衣着光鮮，也毫無半點豔羨之心，只是依然默默地努力求學，這是處於求學時期的我們，面對物質誘惑時，值得學習的地方。（言之成理即可）

湖心亭看雪

❶ A) 崇禎五年十二月，余住西湖。／是日更定矣，余拏一小舟，擁毳衣、爐火，獨往湖心亭看雪。／到亭上，有兩人鋪氈對坐，一童子燒酒，爐正沸。
   B) 霧淞沆碭，天與雲、與山、與水，上下一白。／湖上影子，惟長堤一痕、湖心亭一點、與余舟一芥，舟中人兩三粒而已。
   C) 及下船，舟子喃喃曰：「莫說相公癡，更有癡似相公者！」

❷ 金陵是明朝遷都前的首都，所以作者不寫其姓氏，而指出他是金陵人，想表達的是作者那份懷念前朝的惆悵之情。

❸ 因為當時已是隆冬，而且剛下了三日大雪，湖中人鳥聲俱絕，顯示這是冬季最冷的時候，連鳥鳴也消失，人們都不會選擇這寂靜和蕭瑟的時間去看雪，但作者偏偏此時去賞雪，可見他的癡。

❹ A）拿、把持；B）撐船；C）對宰相的尊稱；
D）對年輕人及讀書人的尊稱

❺ 柳宗元的《江雪》：「千山鳥飛絕，萬徑人蹤滅。孤舟簑笠翁，獨釣寒江雪。」或白居易的《錢塘湖春行》：「最愛湖東行不足，綠楊陰裏白沙堤。」（言之成理即可）

河中石獸

❶ A）下游；B）認為石獅子隨着水流漂移到下游
C）河沙中；D）石獅子並非木片，不會浮在水上漂流到下游，反而因為堅實沉重，河沙鬆散易浮，石頭沉在沙上，然後越沉越深。
E）上游；F）水流沖走石頭下的沙子，形成坑洞。石頭傾倒在坑洞裏，不斷的衝擊令石頭不停轉動，漸漸會逆着水流，移到上游。

❷ 僧人和大學問家只是憑個人推測，想當然地臆測事物的道理；相反，老河兵卻是憑着個人的治河經驗，加以推理，尋求正確答案。

❸ 這石獅子不是木片，怎麼可能被洪水沖走呢？

❹ A）耙；B）癲

❺ A）然則天下之事，但知其一，不知其二者多矣，可據理臆斷歟？
B）天下的事，只知一面，而不知另一面的人很多，所以不應只根據其中一面的道理去作主觀臆測，應當以經驗，作客觀分析，加以推理。